KB270822

누가 말렝을 죽였는가

누가 말렝을 죽였는가

안성호는 2002년 실천문학 신인상(단편소설 부문)을 수상하고 2004년『경향신문』신춘문예에 시가 당선되며 문단에 나왔다. 소설집『때론 아내의 방에 나와 닮은 도둑이 든다』, 장편소설『마리, 사육사 그리고 신부』가 있다.

안성호 소설집
누가 말렝을 죽였는가

펴낸날 2011년 7월 8일

지은이 안성호
펴낸이 홍정선
펴낸곳 ㈜**문학과지성사**
등록번호 제10-918호(1993. 12. 16)
주소 121-840 서울 마포구 서교동 395-2
전화 02) 338-7224
팩스 02) 323-4180(편집), 02) 338-7221(영업)
전자우편 moonji@moonji.com
홈페이지 www.moonji.com

ⓒ 안성호, 2011. Printed in Seoul, Korea
ISBN 978-89-320-2208-6

문학과지성사

누가 말렝을 죽였는가

안성호 소설집

문학과지성사
2011

누가 말렝을 죽였는가

검은
물고기의 밤

　그 일은 우리 집을 방문한 괴한으로부터 시작되었다. 잠을 자고 있는데 노크 소리가 들렸다. 밤늦게 노크를 할 사람은 우리 집에서 유일하게 출퇴근을 하는 형밖에 없었다. 두어 번 노크 소리가 들려 눈을 떴는데 괴한이 목에 칼을 들이댔다. 그는 나를 거실로 끌고 갔다. 거실에는 어머니와 아버지, 여동생이 다리를 모은 채 소파에 앉아 있었다.

「어서 돈 내놔!」

　괴한이 내민 건 '3-4반 19번'이라고 쓰인 신발주머니였다.

　아버지는 그 신발주머니를 들고 괴한과 함께 안방과 작은방, 문간방으로 들락거렸다. 집을 한 바퀴 도는데 3분이 채 걸리지 않았다. 아버지는 거실에 쓰러지면서 우리들에게 물었다.

「형은 언제 오냐?」

아무도 대꾸를 하지 않자 아버지는 마른 새우처럼 천천히 몸을 웅크렸다.

이윽고 형이 들어왔다.

「지하철 공사에서 일하는 장남이라우.」

아버지가 밝게 웃으면서 괴한에게 형을 소개했다. 형은 신발도 벗지 못하고 거실로 질질 끌려왔다. 이번엔 형의 차례였다. 신발주머니를 들고 방을 순례하더니 다시 거실로 와서는 전자인형처럼 쓰러졌다.

「거지 같은 놈들!」

괴한이 말했다.

「제발 목숨만은……」

이렇게 말하고 동생은 눈을 감아버렸다.

괴한이 손바닥만 한 칼을 우리들에게 겨누었다.

「정신을 차리고 찾아보면 뭔가 쓸 만한 게 있을 거요.」

아버지가 자상한 목소리로 괴한에게 말했다. 괴한은 아버지의 바람과는 달리 현관에 놓여 있던 역기를 들고 와서 형의 허리를 찍어버렸다.

이 일로 기억을 도둑맞은 건 아니었다. 이건 우리 가족을 그 일의 출발점에 세워놓았을 뿐이었다.

그날 이후 아버지는 지도를 그리기 시작했다. 지도는 『보물섬』에 나오는 지도 같았다. 우리 집에서 어느 한 지점까지 구불구불 선을 그어놓았고, 우리 집에서 그 지점까지가 450미터라고 명시했다.

「신발주머니를 들고 올 정도면 그놈은 450미터 안에 사는 거야. 전봇대 아홉 개 정도는 걸어올 수 있거든. 전봇대 열 개부터는 버스나 지하철을 이용하지. 신발주머니를 들고 버스나 지하철을 타기에는 좀 그렇지 않아?」

정보라고 해봤자 신발주머니밖에 없었다. 그런데도 아버지는 정확히 450미터라는 거리를 산출해냈다. 그 범위 안에 들어와 있는 집은 하나뿐이었다. 그러니까, 아버지의 지도에 따르면, 괴한의 집과 우리 집만 있는 셈이었다.

「놈을 잡는 건 식은 죽 먹기야. 얘야, 두고 봐라.」

정작 충격에 빠진 건 여동생이었다. 세 남자들이 신발주머니를 든 괴한과 이 방 저 방을 돌아다니던 모습이 퍽이나 인상 깊었는지 여동생은 이불을 뒤집어쓰고 울기만 했다. 이런 여동생에게 나는 허리에 압박붕대를 감은 채 누워 천장과 친해지는 법을 배우고 있는 큰오빠의 고통을 생각해보라며 타일렀다. 그리고 동네 신자들을 집으로 끌어들여 구역예배를 보는 어머니 등 뒤에 여동생을 앉혀놓았다.

「우리 가족을 보살피시고 우리 집을 찾아준 3학년 4반 19번의 아버지에게도 하나님의 은총이 가득하시길 비옵니다. 아멘.」

괴한의 방문 후 보름이 지났을 때, 처음으로 기억에 대한 이상한 징후를 발견했다. 눈을 감고 막 잠이 들 즈음 눈초리 근처에서 졸졸졸 물 흐르는 소리가 들렸다. 아주 나지막한 소리였다. 더운 날씨에 누군가 샤워를 해서 들리는 물소리일 수도 있고, 또 다세대주택의 구조상 옆집에서 수돗물을 쓰는 소리일 수도 있었다.

그런데 문제는 그 물소리와 함께 감았던 눈 속으로 검은 물고기 한 마리가 슬렁슬렁 지느러미를 흔들며 나타났다는 것이었다. 이 검은 물고기는 좌에서 우로 헤엄쳐 와서 제자리를 맴돌다가 꼬리를 치세워 수면 아래 깊숙한 곳으로 내려갔다. 처음에는 잠에도 깊이가 있는 법, 그 깊이를 가늠하는 것이라 판단했다. 내가 조금 더 깊은 잠에 빠져들면 이 물고기는 내 잠의 늪에서 더 이상 헤어나지 못할 것이라고 믿었다.

옳은 판단이었다. 일단 잠들었다 깨어나면 백지장처럼 하얀 대낮이 나를 기다리고 있었다.

「450미터 내에는 우동 초등학교와 계양 초등학교 두 개뿐이니까, 조사해보면 금방 잡을 수 있을 거야. 3학년 4반이라고 했지?」

밥상을 받아놓고 아버지는 지도를 수정하고 있었다. 괴한의 집과 우리 집 사이에 계양 초등학교와 우동 초등학교가 들어섰다. 신념은 피곤한 것이다.

「잃은 것도 없는데, 그냥 넘어가죠.」

역기에 허리가 망가진 형이 무겁게 말했다.

「이건 우리 집안을 바로 세우는 일이야.」

사뭇 진지한 아버지의 목소리가 밥상 위로 뛰어들었다.

　우리들은 아버지가 말한 '일'이라는 대목에서 일제히 아버지를 쳐다보았다.

「일?」

　어머니가 수저를 내려놓으시며 말했다.

　여섯 달 전이었다. 부산에 계신 삼촌의 소개로 인천남동공단에 있는 세탁기 타이머 공장에 수위로 첫 출근하던 날, 아버지는 현관에서 구두를 신으며 우리들에게 일을 하러 간다고 말했다. 우리는 현관에서 아버지를 배웅했다. 그날 밤, 아버지가 지키고 있던 공장에 도둑이 들어 회사 사장이 애지중지하던 셰퍼드 두 마리를 훔쳐갔다. 아버지의 일은 계속되었다. 그로부터 보름 뒤에 아버지는 지하철 공사에 다니는 형이 은행 대출로 받아온 돈으로 활어 운반차를 구입했다. 그리고 여수에서 넙치 1.1톤을 싣고 오다가 갓길에 차를 세워두고 잠을 자는 바람에 사고가 났다. 부지불식간에 달려온 승용차가 활어 운반차를 덮쳐서 넙치가 모두 아스팔트에 나뒹굴었고, 승용차에 타고 있던 일가족도 넙치처럼 아스팔트에 나뒹굴었다. 그 일가족과 아버지는 꽤 오랫동안 병원 신세를 졌다. 승용차를 운전하던 부인은 한 달 동안 치료를 받다가 죽었고, 남편과 아이는 아버지보다 보름 뒤에 퇴원했다. 활어 운반차는 보험을 들지 않은 상태였다.

「아스팔트에 엎드린 넙치를 주워 담는 것보다 몇 배는 쉬운 일이야.」

그날 밤에도 물고기가 나타났다.

눈을 감고 이제 막 잠이 드는구나, 생각하는 사이 검은 물고기는 어슴푸레한 어둠 사이로 팔랑팔랑 지느러미를 흔들며 나타났다. 깊이 잠든 것이 아닌 것으로 보아 필시 무의식의 대상은 아니었다. 이번에는 눈을 감았다 뿐이지 잠과는 무관하게 눈만 감은 채 머릿속을 똑똑히 응시하고 있었다. 세번째 만나는 물고기였다. 양미간을 오고 가던 물고기는 꼬리지느러미를 치세우더니 살랑살랑 바닥으로 헤엄쳐 내려갔다. 그러나 그곳은 그 어디도 아닌 바로 내 의식 속이었고, 내가 눈만 뜨게 되면 금방 하얀 바닥을 드러내는 곳이었다.

「꿈에 물고기를 봤습니다.」

나는 아버지에게 꿈 이야기를 했다.

「꿈에?」

사실 꿈이 아니었다. 하지만 아버지에게 쉽게 말하는 법을 배워온 우리 가족으로서는 이렇게 말하는 게 현명한 것이었다.

「길조다. 곧 직장을 얻겠구나.」

대학을 졸업하고 1년째 백수 생활을 하는 내가 제일 먼저 해야 할 것은 취직이었다. 지하철 선로를 보수하는 형 말고는 돈을 벌어오는 사람이 없었다. 그런 형마저 역기에 맞아 허리를 못 쓰는 지금 막노동이라도 해야 할 내가 꾼 꿈이 길조라니. 취직과 검은 물고기의 연관성에 대해 잠시 생각을 하다가 화장실로 갔다. 그곳에서 여동생이 놓아둔 『필름2.0』을 펼치는 순간 나는 아주 기막힌 일을 당하고 말았다. 우리 가족이 인천 부평으로 이사를 오기 전, 그러니까 경남 마산에 살 때 어느 날 아버지가 사온 수세식 변기, 우리 집에서 자랑거리 1호가 된 그 변기에 얽힌 이야기가 떠오르지 않았다. 변기를 들고 온 아버지는 사흘 동안 화장실을 고쳤고 우리는 인근 등기소에서 볼일을 봤다. 그리고, 그리고, 어떤 일이 있었는데 기억이 나질 않았다.

부평역 지하상가에서 청바지를 사 가지고 왔던 그날 밤에도 물고기는 어김없이 나타났다. 벌써 네번째. 어항이 되어버린 내 머리. 나는 창문을 응시한 채 옛날에 아버지가 들고 온 변기에 대한 추억을 짜냈다. 그러다가 설핏 잠이 들 즈음, 예의 그 물고기가 내 머릿속으로 들어와 뭔가를 콕콕 쪼아 먹고 있었다. 그것은 분명 재래식 화장실에서 수세식 화장실로 넘어가는 근대화의 서막을 쪼아 먹는 것이라는 생각에 퍼뜩 잠에서 깼다. 그러면서 내 기억의 이상 유무를 확인해봤다. 지붕에서 호박을 따다가 지붕이 폭삭 무너지는 바람에 다쳤던 일, 처음 여자의 가슴을 만지던 날 내 손이 호박 잎사귀 같다던 여자의 말, 아래채에 세 들어 살던 역수 형이 오동동 앞바다에 빠져 죽은 일, 그 역수 형의 여동생이 화장실 밑씻개 종이로 내놓은 일기장을 보면서 화장실에서 자위를 하던 일, 일기장에는 그 누나가 고등학교 형을 사귀고 매일 데이트를 한 얘기가 씌어 있었는데……그 뒤로 기억이 나지 않았다.

기억은 연습이 필요 없다. 애쓸 필요도 없다. 살아가는 동안

기억은 자동으로 레코딩되고 자동으로 저장되었다가 자동으로
인출된다. 그런데 이런 기억들을 몽땅 도둑맞았다.

그 후 대부분의 시간을 기억을 되살리는 데 허비하였다. 옥
상으로 올라가서 저무는 태양을 보면서 차근차근 떠올려보기도
했고, 방에 누워 기억들을 되뇌며 지난날을 점검하기도 했다.
잃어버린 것이 있으면 새로 만들어지는 것도 있는 법이니 며칠
전의 일이라도 하나씩 챙겨두려는 생각에서였다.

「물고기야.」

방에 누워 천장을 보고 있는데 여동생이 들어와 손가락으로
창문 밖 뭔가를 가리켰다.

커다란 물고기가 건물 사이로 헤엄치고 있었다. 눈 속으로
뛰어들어와 꼬리를 살랑거리던 검은 물고기가 살이 통통하게
올라 느릿느릿 하늘을 배회하는 것이었다.

「기억나?」

여동생이 물었다.

「뭐?」

「신발주머니.」

「신발주머니? 신발주머니가 왜?」

머릿속에 신발주머니와 얽힌 일들이 말끔히 지워져 있었다.

가족이 모였다.

검은 물고기로 인해 불행했던 지난 과거들이 말끔하게 삭제된
데 대해 감사를 드리고 있었다. 어머니가 기도문을 외우는 사이

여동생과 나는 창문 밖을 어슬렁거리는 물고기를 구경했다.

「이거……」

기도를 마치자 아버지가 호주머니에서 '3-4반 19번'이라고 적힌 신발주머니를 꺼내 식탁에 올려놓았다. 말끔히 사라진 기억 속에 그 신발주머니는 낯선 사물이었다.

「버려요.」

「왜?」

아버지의 이 한마디에 우리 가족은 잠시 생각에 빠져야 했다.

「신발주머니가 우릴 미행할지도 몰라요.」

「미행?」

어머니의 말은 우리 가족을 혼란에 빠뜨리기에 충분했다.

「신발주머니가 어떻게 미행을 하죠?」

여동생이었다.

「기억은 사람을 두고두고 뒤쫓아 다니지.」

역시 어머니는 생각이 깊은 분이셨다.

「꼬리를 밟힌다는 말이지.」

형도 적절하게 어머니의 의견에 동의를 표시했다.

아버지는 매실주 항아리에 신발주머니를 넣고 뚜껑을 닫아버렸다. 지도 역시 책꽂이에 있던 『천국의 열쇠』라는 책에 꽂고 덮어버렸다.

이로서 과거는 물론이거니와 현재의 삶을 저울질하는 눈금조차 사라지게 되었다.

하나님의 은총 덕분인지, 이렇게 될 운명이었는지 알 길은 없었지만 우리는 모두 지난 일들을 묻어둔 채 살게 되었다. 어머니는 평소와 같이 종일 교회에 나가 살았다. 형은 허리에 복대를 하고 출근하였고, 여동생은 새 남자 친구를 사귀었다. 그 남자 친구는 자주 여동생의 방으로 와서 인터넷 게임을 했다. 그러다가 밤이 되면 남자 친구는 가고, 여동생은 라디오를 들으며 검은 물고기 때문에 재수가 없다며 투덜댔다. 밤마다 멍청하게 창문을 바라보던 나도 여동생의 말에 동조했다.

「재수가 없긴 해.」

여동생과 나는 창문마다 검은색 커튼을 만들어 달았다. 우리는 낮에도 커튼을 쳐놓고 누워 있었다. 커튼을 쳐놓아도 집 주변을 배회하는 물고기의 움직임은 느낄 수 있었다. 몇 군데에서 면접을 보라고 전화가 왔지만 정중히 거절했다. 면접을 본다면 뭔가 과거와 미래에 대해 질문을 할 텐데, 나는 할 말이 없었다. 과거는 기억이 나지 않았고, 과거의 희미한 기억 탓에 미래도 없었다. 오늘과 닮은 내일, 그 내일만이 책 모서리처럼 깎아지른 벼랑이었다. 만약 지구를 움직이는 속도로 빠르게 달린다면 과거도 미래도 만날 수 있겠지만 그것은 스필버그 영화에나 나올 법한 이야기였다.

차츰 신발주머니가 그리워졌다. 신발주머니 주위를 맴도는 그 어떤 향수가 그리웠다. 가족들은 자주 삼겹살에 매실주를 마셨다. 그때마다 우리는 풀리지 않는 수수께끼를 곱씹듯 450미터가 어떤 거리인지 되뇌었다. 신발주머니와 450미터의 관계.

생각해보니 과거는 따뜻했다. 과거는 번잡하지 않고, 정리가 잘되어 있으며, 언제든지 빼서 볼 수 있게 열려 있었다. 그래서 과거로 돌아가는 일은 즐거웠다. 물론 과거로 돌아가는 게 싫거나 두려울 때도 있었다. 살짝살짝 아픔이나 슬픈 기억들이 파문을 일으키며 떠오를 때는 두통이 난 것처럼 머리를 붙들고 흔들어댔다. 그러나 그런 과거의 말랑말랑한 아픔조차 없다는 건, 삶을 비닐봉지에 넣어 저 먼 사막에 내버리는 것과도 같았다.

「어떻게 저만큼 자랐을까?」

어느새 검은 물고기는 산만 해져 있었다.

「우릴 잡아먹고 살이 찐 게지. 우리 가족이랑 옆집이랑 그 옆집이랑, 아니, 우리 동네 모두.」

여동생은 물고기가 사람들의 기억을 먹고 자란다고 확신하는 모양이었다. 우리 가족의 기억이 구미에 당겼다니 고마웠다.

「잡아야 해.」

여동생이 말했다.

「뭘?」

「물고기.」

그날부터 우리는 물고기를 잡을 것인가 말 것인가, 잡는다면 어떻게 잡을 것인가에 대해 궁리를 했다.

그러던 어느 날, 여동생이 볼펜을 들고 내 방으로 왔다.

「작살 같은 거로 배에 구멍을 내자고.」

여동생이 내 배를 볼펜으로 툭툭 때렸다. 창밖으로 시선을 돌리니 포실하게 내려앉은 어둠 사이로 예의 그 검은 물고기가 살랑살랑 지느러미를 흔들며 헤엄치고 있었다.

「가능할까? 몸집이 산만 한데?」

「풍선 같을지도 몰라.」

내 머릿속에 있던 기억, 여동생의 기억, 아버지, 어머니의 기억을 죄다 먹고 배가 산만 해진 검은 물고기였다. 기억의 세계, 이성의 세계는 모두 검은 물고기의 밥이 되어버렸다. 결국 남은 것은 사물들밖에 없었다. 즉, 허수아비들의 세상과 같았다. 뭔가를 위해 끊임없이 달려서 그 뭔가를 획득하려고 하지만, 정작, 그 뭔가도 찾지 못하고 또 왜 달리는지조차 알 수 없는 지경이었다.

「저놈의 배가 터지면 원래대로 돌아갈까?」

「당연하지.」

여동생과 나는 노란 고무줄을 사서 대나무에 쇠창을 달아 만든 작살을 들고 집을 나섰다. 아버지도 감 따는 작대기를 들고 따라왔다.

「하늘에 매달린 것들은 이게 최고야. 딱 잡아서 돌리기만 하면 똑 소리를 내고 떨어질 거야.」

아버지가 나서는 걸 본 어머니도, 야근을 마치고 돌아오던 형도 물고기 사냥에 동참을 했다.

모퉁이만 돌면 전봇대 위에 검은 물고기가 새처럼 얌전하게 앉아 있을 거라 믿었다. 하지만 물고기는 손에 잡힐 듯하면서도 자꾸만 우리들 앞에서 멀어져갔다. 하는 수 없이 우리는 지하철을 타고 도심 깊숙한 곳까지 들어가야 했다. 지하철을 내린 곳에서도 마찬가지였다. 이번에는 버스를 탔다. 아버지가 들고 온 기다란 작대기 때문에 버스 기사의 눈총을 사야 했다. 우리는 고심 끝에 가장 높은 건물에서 놈을 기다리기로 결정했다.

높다란 건물 앞에 도착한 우리는 근처 포장마차에서 우동을 먹었다. 밤 11시였다. 가로등 위로 물고기가 떠다녔다. 도심을 배회하더니 건물과 건물 사이를 빠르게 지나 아파트 단지로 가서는 한참 동안 헤엄을 쳤다. 그러더니 그곳에 빨간 알을 쏟아냈다. 아버지는 그것이 아스피린 같은 알약일거라고 말했다. 기억을 잃게 만드는 약이라는 말이었다. 물고기는 포장마차 위로 달려와 우리들 머리 위로 빨간 알약을 마구 쏟아냈다. 그것의 대부분은 허공에서 사라졌고, 대신 지독한 생선 타는 냄새를 남겼다.

우리는 건물 옥상으로 올라갔다.

「가까이로 오면 작살을 날려.」

아버지가 내 귀에 대고 속삭였다.

여동생과 나는 검은 물고기가 가까이 오기만을 기다렸다. 아버지도 작대기를 들고 기다렸다. 하지만 물고기는 가까이 오지 않았다. 건물과 건물 사이를 맴돌 뿐 건물 위로는 좀체 떠오르지 않았다.

우리는 옥상 한구석에 쌓아놓은 의자를 들고 와 앉았다. 마치 낚시터에 온 사람마냥 앞을 주시한 채 껌을 씹었다.

그러는 사이 낯선 사람들이 옥상으로 올라와 우리 곁에 앉았다. 저마다 기다란 막대기를 들고 있었다.

「쓰레기 같은 놈.」

40대 후반쯤 돼 보이는 남자가 말했다.

「운동회 때 박 터뜨리기 게임을 하는 거 같네.」

한 여자가 말했다.

어느새 옥상 가득 사람들이 찼다. 그들은 저마다 검은 물고기에 대해 이야기를 했다. 그중 내 귀를 솔깃하게 한 건 남극 이야기였다. 제2차 세계대전이 일어났을 때, 남극을 지나던 독일 잠수함이 금 20톤을 싣고 지나가다가 침몰했다는 것이다. 전쟁이 끝난 뒤 전 세계의 명망가들이 독일 잠수함을 찾기 위해 남극 일대를 샅샅이 뒤지기 시작했는데, 이를 안 독일 재무장관 오스카어 라퐁텐이 하늘에 플라스틱 잠수함을 띄워 사람의 기억을 파괴하는 화학물질을 살포했다는 것이었다. 또 어떤 이는 우리 사회가 어떤 코드로 구성되어 있는데, 이 코드에 문제가 생겨 이것을 대대적으로 수정하는 모양이라고 말했다.

「우리가 무슨 뻥튀기 만드는 기계라도 된다는 겁니까?」

형이 화를 냈다.

「아니라는 증거는 있수?」

「이 사람이 정말……」

형과 그 사람 간에 잠시 실랑이가 벌어졌다.

헤진 이불을 뒤집어쓰고 나타난 어떤 이는 검은 물고기가 새롭게 재편된 어떤 질서 속으로 우리들을 선도하는 것이라고 말했다. 나쁜 기억들은 모두 버리고 새로운 기억, 즉, 누군가가 건설할 제국으로의 편입. 그 알약을 어느 때쯤엔 모든 시민들에게 골고루 나눠줄 것이라고 했다. 선도하는 자가 누구냐는 질문에 그는, 히브리 인 모세, 반달 족 가이세리크, 몽골 족 칭기즈 칸, 중국의 마오쩌둥 등 헤아릴 수 없이 많다고만 했다.

「그들은 다 죽은 자들이잖습니까?」

「당신이 지금 살아 있다는 뚜렷한 증거가 있소?」

이 말에 모두들 구시렁거렸다. 우리는 틀림없이 살아 있었고, 단지 저 하늘에 떠 있는 검은 물고기로 인해 약수터에 약수를 뜨러 간 것과 진배없이 잠시, 아주 잠깐 동안 이 옥상에 올라와 물고기를 잡고자 한 것인데 이야기가 영 이상한 곳으로 흘렀다.

점점 사람들이 늘어났다. 사람들은 허공에 대고 작살을 던지며 각기 자신이 잃어버린 기억을 되돌려 달라고 하소연했다. 하지만 검은 물고기는 느릿느릿 어둠 속을 유영할 뿐 기억을 나눠주진 않았다.

우리 가족에겐 점점 신발주머니가 중요한 것이 되어갔다. 3학년 4반도 마찬가지였다.

「네가 3학년 때 4반이었니?」

아버지가 형에게 물었다.

형은 기억을 더듬어 말을 하려 했지만 더 이상 멋진 기억은 없었다.

「지도.」

여동생이 말했다.

「지도?」

우리는 서둘러 집으로 갔다. 제일 먼저 집에 도착한 아버지가 매실주 항아리에 담겨 있던 신발주머니를 찾아 우리들 앞에 내놓았다. 이게 대체 무엇에 사용하는 물건인지. 또 책장 앞으로 달려간 아버지가 야, 이거! 하고 지도를 들고 왔다.

이 둘이 뭘 뜻하는지는 모르지만, 어쨌든 지도에 나와 있는 두 초등학교로 가서 3학년 4반 19번을 만나보면 우리들의 기억은 회복될 것이라고 믿었다.

아침 일찍 우리는 계양 초등학교로 갔다. 이른 아침부터 우리 가족을 맞이한 대머리 교장은 우리 가족을 3학년 4반으로 데리고 가서 손수 19번을 불러냈다. 키가 땅딸막한 여자아이었다. 아이는 우리를 보고 누구냐고 물었다. 우리는 그 학생이 얼굴을 잘 볼 수 있도록 엉거주춤 허리를 굽혀 인사를 했다.

「너, 우릴 아니?」

「모르는데요?」

우리는 우동 초등학교로 향했다.

마침 체육시간이라 우리는 축구를 하고 있던 등 번호 19번 학생을 유심히 지켜보았다. 그 아이가 골대로 공을 몰고 가면

박수를 치기도 했다.

「너 우리를 모르니?」

「네.」

「이 신발주머니 네 꺼 맞지?」

어머니가 신발주머니를 아이에게 보여줬다.

「네, 맞아요.」

「그런데 왜 우리가 네 신발주머니를 가지고 있지?」

「내가 그걸 어떻게 알아요.」

신발주머니를 들고 다시 집으로 올 수밖에 없었다. 소득은 있었다. 등 번호 19번 학생의 신발주머니를 우리 가족이 지금 보관하고 있다는 사실.

형이 일을 나간 사이에 누가 초인종을 눌렀다. 느릿느릿 기어가다시피 해서 내가 문을 열어줬다. 오전에 우동 초등학교에서 공을 차던 등 번호 19번 학생과 한 남자가 서 있었다. 그 남자는 등 번호 19번 아이의 아버지인 모양이었다.

「오늘 우리 아이를 찾아오셨다고요?」

「네.」

「무슨 일이죠?」

다짜고짜 학교로 찾아가 공을 열심히 차던 학생을 불러 신발주머니를 보여주고 왜 이것이 우리들 손에 들어 있는지 물어봤으니 그 아이의 아버지가 찾아올 수밖에.

나는 이 방 저 방에 패잔병처럼 누워 있던 가족들을 깨우느라 돌아다녔다. 그사이 그 남자도 아이의 손을 잡고 살금살금 우리 집 안 풍경을 모두 감상했다. 썩 달갑지 않았지만 일단 우리가 먼저 무례를 범했으니 어쩔 수 없었다.

우리 가족은 소파에 앉았다, 형만 빼고.

아버지가 학부형에게 신발주머니를 내밀었다.

「이게 우리 집에 있기에.」

「이게 뭐죠?」

남자가 신발주머니를 들어 살폈다. 3학년 4반 19번이라고 쓰인 것 빼고는 특별한 것이 없었다. 신발주머니를 들고 혼자 무언가를 중얼거리던 남자는 이게 왜 우리 집에 떨어져 있는지 아버지에게 묻고는 머리를 긁적거렸다. 남자보다 더 궁금한 쪽은 우리들이었다.

「길에서 주운 건 아니거든요.」

「그러면 어떻게?」

우리도 남자도 알 길이 없었다. 다만 잃어버린 기억 속에 두 사람이 어떤 식으로든 연관이 되어 있다는 건 알고 있었다. 좋은 일이었다. 기억을 잃어버려서 그렇지 기억만 생생하다면 우리는 맥주 파티라도 하면서 신발주머니가 만든 이 인연에 대해 이야기꽃을 피웠을 것이었다.

늦게까지 우리 집에서 있다가 식사를 하고 차를 마신 남자는 아이를 데리고 나가면서, 문 앞에 놓인 역기를 아주 유심히 쳐다보았다. 어느 집이든 그런 역기는 흔하게 볼 수 있는 것이었다. 남자는 그 역기를 한 번 들어보고는 고개를 갸우뚱거리며 신발을 신었다.

그날 이후로 남자는 종종 아이를 데리고 집으로 왔다. 딱히 무엇인지 모르지만 이야기를 나누다 보면 미증유한 삶의 무게를 얻을 수 있었다. 그것은 밀감을 까고, 계란을 깨서 내용물을 확인하는 것과는 다른 성질이었다. 불안한 우리들에게 위안이 되는 나무가 생긴 것과 같았다. 그 나무 그늘에 살면 어떠한 불안도 사라질 것 같았다. 그래서인지 어머니는 교회 나가는 일보다 화초를 가꾸는 일에 매달렸고, 동생은 남자 친구와 약혼을 했다. 나는 계속 실업자 신세였고, 애석하게도 형의 허리 병은 날이 갈수록 더 심해졌다. 특히 형은 역기 드는 게 몸에 나쁘다는 말만 하고는 방에 누워 천장만 쳐다봤다.

「이상해.」

아버지가 지도를 보며 말했다.

「뭐가요?」

「이 집이 누구 집인지 모르겠어.」

「어느 집요?」

우리가 지도를 봤을 때, 지도에는 두 집만 있었다. 그 두 집 중 어느 집이 우리 집인지 나머지 한 집은 또 누구의 집인지 알 수 없었다.

「이 집.」

한참을 망설이던 아버지는 두 집 중 한 집을 손가락으로 가

리켰다. 두 집 사이의 거리가 450미터인 거 빼고는 둘 다 집이
었다.

「19번 집 아닌가요?」

「19번 집을 왜?」

안타까운 일이었다.

「가볼까요?」

여동생이 말했다.

우리는 굳이 따라가겠다는 형을 들쳐 업고 대문에서 450미터
정도 떨어진 그 집으로 향했다. 가는 길에 많은 집들이 있었다.
그러나 그것들은 검은 물고기가 지나다니는 수초처럼 보일 뿐
이었다. 우리는 부지런히 걸어 그 집 대문 앞에 멈췄다. 아버지
가 문 앞으로 한 걸음 다가섰다. 빨간 하트 모양의 커버가 있는
초인종이었다. 그 초인종 커버를 아버지는 시계 반대 방향으로
돌리더니 손가락으로 벨을 가리켰다.

「눌러봐.」

아버지의 말대로 여동생이 초인종을 눌렀다.

「누구세요?」

문을 연 건 등번호 19번 아이였다.

「너구나.」

어머니의 말이 끝나기도 무섭게 우리들은 코를 틀어막아야
했다. 집에서 지독한 비린내가 풍겨왔디. 눈물이 다 날 지경이
었다. 그 바람에 현기증까지 났고, 눈앞이 캄캄했다. 어머니는

못 들어가겠다며 손사래를 쳤다. 이런 어머니를 아버지는 한사코 집 안으로 끌어들였다. 거실이 꽤 넓은 집이었다. 거실 한쪽 벽에는 소파가 놓여 있었고, 소파 정면에 텔레비전에 있었다. 텔레비전 위에는 조그마한 액자가 걸려 있었는데 그 액자에는 활짝 웃는 여자 사진이 붙어 있었다. 우리들은 일렬로 그 액자 앞에 섰다. 우리들은 그 액자를 한참 동안이나 구경했다. 활짝 웃는 사진에서 우리는 왠지 모를 고통을 느꼈다.

「이분은 누구시니?」

아버지가 아이에게 물었다.

「엄마요.」

그때, 방에서 남자가 나왔다. 남자는 우리 가족을 알아봤다. 우리도 남자를 보며 반가워했다.

「어떻게 저희 집을 다 찾아오시고.」

대답 대신에 아버지는 지도를 보여줬다. 남자는 한참 동안 그 지도를 보더니 참으로 신기하다며 소리 내어 웃었다. 그리고 자기도 호주머니에서 지도를 한 장 꺼내 우리들에게 보여줬다.

「언제인지는 잘 기억이 안 나는데, 저도 이걸 가지고 있어요. 짐작컨대 와이프가 죽기 전에 어떤 사람으로부터 받은 거 같아요. 그런데 왜 받았는지 모르겠어요.」

「똑같네.」

여동생이 두 지도를 번갈아 보며 신기하다며 입을 다물지 못했다.

「찾아오라고 준 건가?」

형이 말했다.

「왜?」

아버지의 얼굴이 붉어졌다.

「이분에게 뭐 줄 게 있었나 보죠.」

「줄 게 뭔데?」

「모르겠어요.」

우리는 두 장의 지도를 들고 텔레비전 앞으로 갔다. 그리고 지도 한 번에 액자 한 번씩, 번갈아 쳐다보았다.

「준비한 게 없는데……」

남자는 부엌으로 갔다. 우리도 부엌으로 가서 예약해놓은 레스토랑을 찾은 사람들처럼 식탁에 앉았다. 남자는 아이를 불러 도와달라고 말했다. 아이는 서랍에서 핑크색 앞치마를 꺼내 남자에게 입혔다. 그리고 남자는 가스레인지에 불을 켰고 싱크대에 물을 받았다. 아이는 히죽 웃더니 냉장고 문을 열었다. 순간, 시꺼멓게 색이 바랜 넙치들이 부엌으로 쏟아졌다. 한두 마리가 아니었다. 백여 마리는 충분히 됨 직한 넙치들이 돌멩이처럼 뻣뻣하게 부엌에 밀려 다녔다. 그것을 아이는 작살로 한 마리씩 잡아 남자에게 건넸다.

「이것밖에 대접할 것이……」

「좋은 넙치네요.」

빈말하지 않기로 소문난 아버지가 칭찬을 다 했다.

우리는 넙치구이 쟁반을 말끔하게 비우고 집을 나왔다. 그리고 약도를 보며 집으로 왔다. 아빠는 이 지도가 없으면 큰일 날 뻔했다며 좋아했다. 그리고 종종 그 집에 들러서 넙치구이를 먹자고도 했다.

「넙치에 돌이 씹히던데……」

내 말에 아버지는 대꾸도 하지 않았다.

그날 밤에도 검은 물고기가 창밖을 미끄러져 지나갔다.

자작나무
숲

죽은 지 10년이 지났다. 그동안 내 무덤은 비바람에 무너지고 잡풀이 무성하게 자라 흔적조차 남지 않았다. 처음에는 무덤 한 귀퉁이가 무너지면서 바람이 들락거렸다. 바람은 벌레들을 불러들였고, 벌레들은 나무뿌리에 기생하던 균근(菌根)을 묻히고 들어와 내 몸에 뱀딸기를 자라게 했다. 빨갛게 잘 익은 뱀딸기는 멀리까지 달콤한 냄새를 풍겼다. 이 냄새를 맡고 온 독사며 땃쥐, 족제비 들이 내 죽은 육신을 갈기갈기 찢어서 놈들의 일용할 양식으로 삼킨 뒤 자작나무 숲 여기저기에 배설물로 흘어놓았다. 배설물에서 기어 나온 구더기들은 죽은 짐승의 사액(死液)을 빨아먹고 성장하더니 시간이 흐른 후 음습한 곳에 모여 하나둘 생을 마감했다. 이것으로 나는 모든 것이 끝났다고 생각했다. 그로부터 꽤 오랜 시간이 흐른 뒤, 나는 누군가의 갈증을 풀어주기에 그 어떤 번민과 고뇌도 없는 순정한 물이 되어 무덤에 괴였다. 마침내 자작나무 숲을 관장하게 된 것이다.

△

숲에 웬 낯선 사람의 인기척이 들렸다. 나는 젖은 낙엽 아래로 손을 뻗어 그 인기척의 주인을 살펴보았다. 삽을 든 남자였다. 숲이 술렁거리기 시작했다. 선홍색의 독버섯과 뾰족한 돌들이 숲 곳곳에 솟아올랐고, 지천에 널려 있던 엉겅퀴와 나뭇잎 아래 웅크리고 있던 독사가 슬슬 모습을 드러냈다. 이 사령(死靈)들 중 제일 먼저 남자에게 접근한 것은 엉겅퀴였다. 엉겅퀴가 남자의 팔뚝을 훑어 붉은 피를 뿌리게 했다. 남자는 들고 있던 삽을 내리쳐 엉겅퀴의 숨통을 끊어버렸다. 남자는 한동안 숲 머리에 서 있었다. 시원한 바람이 남자의 머리카락을 만지며 지나갔고, 남자의 머리 위로 뺙뺙 울어대던 매미 울음소리가 부풀어 올랐다. 남자는 주변에 있는 돌을 서 있던 곳으로 옮겼다. 그리고 삽으로 흙을 파내고, 나무를 베어 못을 박아 움막을 짓기 시작했다. 일은 그리 오래 걸리지 않았다. 어둠이 오고, 남자는 낫으로 자작나무를 함부로 베어 그 움막의 아궁이에 불을 지폈다. 불은 밤새 타올랐고, 연기가 숲을 덮었다. 내가 엿들을 수 있는 건 남자의 심장박동 소리뿐이었다. 큰 바위가 숲을 향해 굴러오듯 남자의 심장은 쿵쾅거렸다. 남자는 신앙심에 사로

잡힌 사람처럼 아궁이 앞에 쪼그려 앉아 자작나무가 타 들어가는 모습을 지켜보았다. 남자는 불 앞에서 불을 설득했다. 남자가 자작나무 숲에 나타난 그 몇 시간 동안 숲은 정적에 눌려 있었고, 돌의 그림자까지도 숨을 죽였다. 꽤 오랜 시간 뒤, 타오르던 불씨들이 사그라지자 남자는 움막에서 칼 한 자루를 꺼내 하늘에 비췄다.

「시펄, 다 죽었거든!」

△

　남자가 가고 난 뒤 나는 숲을 돌보았다. 건조해진 숲을 축축하게 적시고, 뻗어 내리는 자작나무 뿌리가 바위를 피하도록 길을 인도해줬다. 자작나무 숲 아래 물푸레나무와 참나무보다 더 빨리 새순을 틔워냈고, 둥치에 새로 싹을 틔우려는 걸 죽였다. 또 동네를 한 바퀴 돌고 온 동고비에게 마을에서 떠돌아다니는 이야기를 듣기도 했다. 인간들은 돼지처럼 피둥피둥 살을 찌우며 잘 지내고 있다고 했다. 얼마나 다행인가. 인간들은 자신들이 숲을 지배한다고 생각한다. 안타깝지만 큰 오해다. 인간들은 숲에서 내려다보는 곳에서 태어나 숲으로 오게 되어 있다. 인간들의 탯줄이 끊기는 그 순간부터 숲은 그들의 죽음을 기다린다. 언제였을까. 통통한 여자가 목을 매기 위해 나무를 고르던 날, 늘 그렇듯 경쟁이 치열했다. 저마다 연둣빛 새순을 흔들며 죽음

을 손짓했다. 통통한 여자의 몸을 지탱하려면, 굵은 가지가 있
어야 하기에 나무들은 살이 오른 가지들을 앞다퉈 밀어댔다. 그
녀가 고른 나무는 참나무. 경쟁에서 진 나는 조용히 그녀의 죽
음을 지켜봐야 했다. 죽음을 목전에 둔 그녀는 눈물을 흘렸다.
참나무를 부러워하던 우리는 눈물 한 방울이라도 얻고자 뿌리
털을 뻗었었다. 4장의 유서를 남긴 여자가 참나무에 줄을 매달
아 삶을 우리들에게 던졌을 때, 숲은 일제히 그녀를 향해 움직
였다. 간혹 툭 떨어지는 새의 죽음이나 벌레들의 죽음으로는
결코 충족되지 못하는 크나큰 선물이었다. 우리가 인간을 사육
한 건 아주 오래전부터였다. 내가 이곳에 매장되기 훨씬 전부터
숲은 인간들을 사육했고, 나 역시 이 숲에 장엄한 만찬을 제공
했다.

△

　남자의 얼굴을 어디서 많이 본 것도 같았다. 투망을 던져 빛
을 끌어올리는, 석양이 막 산중턱에 걸려 있을 즈음, 그 남자가
누군지 떠올랐다. 같은 마을에 살던 배였다. 배는 아버지와 함
께 술도가에서 일을 했다. 배와 나는 강에서 같이 헤엄을 치기
도 했고, 돼지 오줌보로 축구를 하기도 했다. 하지만 배와 나는
좋은 친구로 남지 못했다. 배의 부모가 3대째 내려오는 동네 고
지기였기 때문이었다. 동네 대소사가 있으면 고지기는 길가에

놓인 돌무덤에 올라서서 큰 소리로 어느 집에 상(喪)나갔소, 어느 집에 오늘 제사 있소, 하고 마을의 흉사를 알렸다. 나직하게, 끊어질 듯 끊어질 듯 이어가는 고지기의 목소리에선 언제나 누룩 냄새가 났고, 사람들은 그 달콤하면서 시큼한 맛에 이끌려 상갓집을 찾아갔다. 하지만 어른들은 그 목소리의 이면에 깊이를 젤 수 없을 정도의 슬픔이 있다, 그 슬픔이 슬픔을 먹고 언젠가 동네 사람들을 다 죽일 것이다, 라며 고지기 부자를 경계했다. 그도 그럴 것이 고지기는 매일 술에 절어 「비창수(悲愴水)」라는 시조를 읊었기 때문이다. 말이 좋아 시조였지 「비창수」는 상여 내는 소리꾼의 후렴구에 말을 단 거나 진배없었다. 동네 사람들에게 고지기가 읊는 「비창수」는 고역이었다. 그러나 고지기의 「비창수」를 중단시킬 사람은 아무도 없었다. 동네에서 유일하게 죽음을 접견하고, 죽음을 통지하며, 주검을 염(廉)한 뒤 죽음을 배웅하는 사람이 고지기였다. 동네 사람들 모두 살아 있을 때는 몰라도 죽은 뒤에는 고지기의 손에 달린 셈이었다. 만약 고지기의 눈 밖에 나면 죽은 뒤 입에 모래가 들어갈 수도 있고, 좋은 자리에 누울 수도 없었다.

△

몇 주가 흐른 뒤, 배가 다시 자작나무 숲으로 왔다. 한 손엔 칼을, 한 손엔 비닐봉지를 들고 있었다. 자작나무 아래로 온 배는 나무작대기로 대충 땅을 파고는 들고 있던 비닐봉지를 아무렇게나 묻었다. 배가 들고 있던 비닐봉지에서 떨어진 피가 숲 여기저기에 묻어 있었다. 피 냄새를 맡은 온갖 벌레들이 쏜살같이 달려들었다. 숲에서 평화를 찾는 건 인간들이나 하는 것. 숲은 상대를 죽여야 내가 사는 곳이다. 나는 벌레들보다 먼저 비닐봉지에 수액을 밀어 넣었다. 그리고 조심조심 비닐봉지를 열어보았다. 그 속에는 잘린 사람의 귀가 들어 있었다. 잘린 귀에는 해변으로 떠내려온 소라껍질에서처럼 어떤 소리가 고여 있었다.

「저놈의 모가지에서 나오는 말들은 귀 잘라먹는 소리인기라. 똥매등 우리 제수씨 있다 아이가, 며칠 전에 귀를 막았다가 한 방에 귀가 잘릿삣기라. 그라고, 경수 아버지 알제? 고마 웃다가 귀가 잘리삣다 안 카나! 지서가 없어지더마는 별의별 일이 다 생긴다 아니가. 내 성질대로 하모 절마를 읍내 경찰서까지 끄집고 가서 확 처넣어버릴낀데. 사람들을 꼼짝달싹 못하게 지키고 서 있으이 도망갈 수도 없고……」

이야기는 여기서 끝났다. 칼을 본 것이다. 다른 귀에 고인 소리도 들었다.

「도가에 술은 절마가 다 퍼마시네. 이 일이 예삿일은 아닌데, 방법이 없네, 없어. 어서 빨리 조놈의 모가지를 닭 모가지 비틀듯 비틀어야 할 낀데. 그란데 이 마을에 귀가 온전한 건 서울에서 왔다던 방앗간 처이하고 나하고 둘뿐이라매? 이거 정말 미치고 팔짝 뛸 노릇이네! 언제 글마가 나타날지 우째 아노? 뭐? 글마가? 우리 집으로 갔다고? 무시라, 이 일을 우야믄 좋노?」

나는 배의 귀에 대고, 여기서 뭐하니? 하고 물었다. 물론 배로서는 듣지 못할 것이었다. 그런데 숲의 사령들이 내가 한 말을 그대로 배의 귀에 재잘댔던 모양이다. 죽음을 예방하고 배웅하는 고지기들은 사령들의 목소리를 들을 수 있는 것일까. 배는 작대기를 흔들며 자작나무 아래로 왔다가 내 무덤가의 돌을 발로 툭툭 걷어찼다. 육신은 간 데 없고 영혼만 나른하게 누워 있는 나를 볼 리가 만무한 배는 뭔가 조마조마하고, 두렵고, 염려스러운 것이 있는지 욕지거리를 해댔다.

「개새끼! 잘 죽었거든!」

배는 작대기로 내 무덤을 대충 파보고는 뱀딸기나무를 작대기로 후려쳐 가지를 끊어버렸다. 순간 그 아래 똬리를 틀고 있던 독사 한 마리가 배를 향해 달려들었다. 독사가 자신에게 닥친 재앙을 알고 머리를 움직이고 꼬리까지 배를 향해 돌진해 갈 즈음, 배가 쥐고 있던 작대기는 벌써 독사의 몸통을 지그시 누른 상태였다.

「독사 같은 새끼, 죽어서도 덤비네. 나 아직 안 죽었거든.」

배는 발로 독사의 머리를 짓밟아버렸다. 피가 배의 바짓가랑이를 적셨다. 가죽을 벗기고, 자작나무 가지에 발가벗은 뱀을 매달아둔 배는 삭정이를 주워와 불을 지폈다. 불에 익어가는 뱀은 간헐적으로 몸을 흔들었다. 나는 그 모습을 빠짐없이 지켜보았다. 고약한 냄새를 풍기던 뱀은 형체도 없이 배의 배 속으로 사라졌다. 식후에 배는 자작나무 그늘에 누워 잠이 들었다. 큰 항아리 속에서 잠이 든 양 숲은 배를 에워싸고 웅웅거렸다. 요 사이 허기져 있던 숲이 제 발로 걸어 들어온 배를 어찌 해볼 요 량이었다. 나뭇가지를 걸게 뻗어 햇빛을 가리고, 땅에 깔려 있던 습기를 밀어 올려 몸에 기운을 뺄 심산이었다. 하지만 배는 아무 일도 없었던 것처럼 툭툭 옷을 털고 일어나 숲을 빠져나갔다.

△

다음 날, 숲으로 여자가 들어섰다. 또 한 번 숲은 긴장감에 휩싸였다. 온갖 벌레, 온갖 식물들이 먼저 여자에게 다가섰다. 그중 끈끈이주걱풀이 여자의 치마에 달라붙었다. 그래서 여자 의 걸음이 빠르지 못했다. 엉겅퀴가 줄기를 뻗어 여자의 발목에 상처를 냈다. 박주가리도 미치광이풀도, 독말풀도 꽃대를 치세 웠다. 물푸레나무와 신갈나무와 음나무도 여자를 향해 가지를 뻗었다. 여자는 풍성한 만찬을 차리기에 부족함이 없어 보였다. 이런 숲의 변화를 알 리 없는 여자는 조금씩 숲 안으로 들어왔 다. 저만치 여자의 얼굴이 드러났을 때, 어디서 본 얼굴도 같았 다. 시간의 얼룩들을 지우고 보니 포도밭집 누이였다. 나는 달 려들어 누이의 손을 붙들고 큰 소리로 누이, 하고 불렀다. 누이 는 꿈쩍도 하지 않았다. 숲의 정수리에서 내리쬐는 햇빛과 매미

들의 울음소리 때문에 못 들었나 싶어 재차 누이를 불러보았지
만, 누이는 자작나무 그늘 아래에 앉아 숲을 구경했다. 대신 내
가 뱉어내는 말에서 나방들이 쏟아져 누이의 얼굴에 붙어 검은
점을 찍어댔다. 누이는 팔을 휘저으며 나방을 쫓아냈다. 그리고
불가사리처럼 조그마한 숲의 궁륭을 몽롱하게 쳐다보고 있었
다. 누이가 응시하고 있는 허공에 수많은 홀씨들이 떠다녔다.
그중에는 지상에서 훼손된 사령들도 섞여 있었다. 먼지처럼 떠
돌아다니는, 천식에 걸린 바람처럼 마을의 풍문을 중얼거리는
영혼들! 나는 누이 곁에 있었다. 그러다가 누이가 숨을 들이쉴
때 누이의 몸속으로 들어갔다. 몸속에 누이는 어린 양처럼 까만
눈을 뜬 채 날 보았다. 나는 누이에게 정녕 날 알아보지 못하겠
소, 하고 물었다. 누이는 날 측은하게 바라볼 뿐 내가 누군지
알아보지 못했다. 대신 날 무릎에 눕혀 내 몸에 들붙어 자랐던
풀이며 애벌레, 짐승의 잇자국을 지워냈다. 나른했다. 강물에
던진 돌이 파장을 일으키며 나른하게, 천천히, 강물 속으로 잠
기는 기분이었다.

△

　10년 전, 가을이었다. 나는 철길을 걷고 있었다. 철길 옆으
로 포도밭이 있고, 그 포도밭 한복판엔 평상이 놓여 있는데 누
이와 나는 그날 밤 그곳에서 만나기로 약속이 되어 있었다. 철

길로 바람이 불자 포도밭의 시큼한 냄새가 코를 찔렀다. 포도밭 대문을 돌아 나는 탱자나무 울타리 사이로 포도밭에 들어섰다. 60촉 전구 서너 개가 골목을 밝히고 있었지만 넓은 포도 잎사귀에 모든 것들은 가려져 보이지 않았다.

누이는 없었다. 나는 누이를 기다렸다. 장마에 떨어진 포도를 주워 입에 넣고 멀리 양계장으로 달려가는 사료 차의 커다란 바퀴에 퉁겨 포도밭으로 날아오는 돌멩이 소리에 깜짝깜짝 놀라기도 했다.

그때였다. 그림자 하나가 기습적으로 등 뒤에서 귀 옆으로 날아왔다. 고개를 돌려 그림자를 봤다. 순간, 현기증이 일었다. 포도밭의 시큼한 냄새가 콧잔등을 지나가더니 독주를 마신 양 취기가 솟아오르면서 비틀거렸다. 그것은 취기가 아니었다. 고개를 돌려보니 어느새 내 등에 칼이 꽂혀 긴 칼자루가 보였고, 내 몸이 비틀거리자 칼자루도 따라 흔들렸다. 나는 허리를 꺾으며 뭐라고 말을 했던 것 같지만, 무용한 내 말은 썩은 포도송이처럼 혀끝에서 곧장 땅바닥으로 곤두박질쳤다. 누군가 내 몸에 덜 박힌 칼을 뽑아 또 한 번 찔렀다. 칼은 의심 없이 재차 날아왔다. 너무나 순식간에, 뜻밖에 일어난 일이라 나는 스스로의 생명이 소진하고 있음을 미처 알지 못했고, 극심한 절망감에 눈물 따위를 흘려보지도 못했다. 내가 쥐고 있던 무수히 많은 고무풍선들이 일시에 하늘로 날아가버리는 것 같은 착각, 수백 마리의 물까마귀들이 내 골수를 파먹고 허공을 향해 날갯짓을 하는 환각이 머리를 어지럽게 할 뿐이었다.

내 육신은 바들거리며 포도밭에 내팽개쳐졌다. 날 찾아온 건 벌레였다. 땅강아지가 제일 먼저 내 눈을 더듬었다. 이 모든 것은 포도밭 냄새 때문에 빠진 착각에 불과하다고 생각했다. 하지만 실상은 너무나 적나라했다. 누군가 나를 등에 업었다. 기력이 소진한 내 두 팔은 허공에서 노를 젓듯 흔들렸고, 나를 업은 사람의 등에서 기쁘게 죽음을 맞이한 사람처럼 나는 덩실덩실 춤을 추었다. 나를 업은 사람은 포도밭에서 그리 멀지 않은 뒷산 자작나무 숲으로 갔다. 그리고 삽으로 땅을 파고 나를 아무렇게나 묻어버렸다.

△

태양은 서서히 산비탈로 내려서고, 숲을 관통해 들어오던 빛의 기둥은 누이의 몸 위로 가로놓였다. 어둠이 밀려온 것이었다. 곧 숲에 있는 돌들은 표면에 드리운 무게를 지우고, 나뭇잎들은 한낮의 정물(靜物)들을 말아 쥐고, 달은 숲의 음문인 계곡으로 내려올 것이었다. 누이는 쉽사리 잠에서 깨어나지 못했다. 보다 못한 나는 누이의 몸속으로 달을 밀어 넣었다. 몸이 무거워진 누이는 부스스 눈을 뜬 채 하늘을 올려다보았다. 어둠이 자작나무 가지에 걸려 있고 퀭한 달무리가 누이를 내려다보고 있었다. 마치 검은 날개를 가진 날짐승이 누이를 내려다보고 있는 것처럼. 그때, 배의 모습이 보였다. 내가 누워 있던 자작나무 앞으로 걸어온 배는 달빛에 비친 누이를 대번에 알아보았다.

「여기로 도망왔네. 아하, 참 오랜만이거든.」

누이는 놀라 뒷걸음질 쳤다. 배는 팔을 벌려 숲을 펼쳐 보였다.

「여 숲만큼 조용한데는 없거든.」

배의 말에 누이는 자작나무를 부둥켜안았다. 배가 내 무덤 쪽으로 걸어왔다. 발로 툭툭 돌을 건들더니 흙 한 줌을 들어 올렸다.

「전에 길을 헤매사튼 개를 내가 여기에 묻었는데. 고마 뼈도 안 남고 사라졌거든!」

배는 누이에게 들으라고 한 말이었지만 밤새 울어대는 매미들의 울음소리 때문에 누이는 배의 말을 듣지 못했다. 다만 배의 손바닥 위에 놓인 흙에서 달빛에 번질거리는 물기를 볼 뿐이었다.

「더럽게 재수 없는 놈이었거든!」

배가 누이를 향해 걸어갔다.

「왜 그러니?」

누이는 두려움에 떨었다.

「내가 우쨌다고? 난 벌레 같은 놈을 죽였을 뿐이거든.」

배는 내 무덤에 오줌을 갈겼다. 뜨거운 오줌이 내 정수리로 쏟아지는 듯했다.

「넌 조용히 꺼져 있어. 이제부터 세상은 내 칼 밑에 있거든!」

배의 얼굴 뒤로 붉은 기운이 일어났다. 나를 이 지경으로 만든 자가 배라니. 갑자기 나무의 그림자로 반쯤 검은빛을 띠고 있던 배의 얼굴이 잘 달궈진 흉기처럼 보였다. 그동안 내 죽음에 대해 깡그리 잊고 숲을 신성하게, 돌을 성숙하게, 벌레들은 무성하게 자라게 하고, 새들의 둥지는 온기로 넘치도록 최선을 다한 내 모습이 더할 수 없이 초라했다. 배는 누이에게 왜 숲으로 왔느냐고 물었다. 귀가 잘린 동네 사람들을 보고 두려워 숲으로 왔다고 했다. 배는 실실 웃었다.

「달집을 태워야 봄이 오거든. 깡통에 불을 넣어 던져야 봄이 오거든. 울화를 던져야 봄이 오거든. 세상 이치가 그렇거든. 삭정이가 떨어져야 제 가지가 하늘로 솟는 법이거든. 기쁘고 슬픈 일은 한배에서 태어난 자식이거든. 자연의 순리를 바꾸려면 재앙이 오게 마련이거든.」

「무슨 말이니?」

「캄캄한 밤에 나는 벌벌 끓는 술독을 들여다본 적이 있거든. 지옥이었거든. 한 번 빠지면 도저히 빠져나오지 못하는 늪이었거든. 어릴 때부터 나는 우리 집 술을 마신 사람들이 상여 타는 걸 봤거든. 쾌락 뒤에는 곧 죽음이 있다는 걸 알았거든. 이게 순리인걸 알았거든. 영원한 건 결코 없었거든. 그런데 사람들이 이 단순한 진리를 부정하는 걸 어떡해? 그러면 안 되거든. 배신을 하면 안 되거든. 좀 살 만해졌다고 우릴 무시하면 안 되거든. 그 사람들이 먼저 내 목소리가 듣기 싫어라 했거든. 그래서 내가 몽땅 귀를 잘랐거든. 그래야 그 사람들이 편해지거든.」

△

　배는 숲을 천천히 걸었다. 점점 누이 가까이 다가서는 거였다. 그리고 누이를 덮쳤다. 배가 뱉어내는 몸의 열기와 누이의 비명이 날카로운 못처럼 자작나무 여기저기에 박혔다. 정화된 공기, 부드러운 흙과 청결한 자작나무 수액(樹液)을 더럽히고 있는 것이었다. 그것도 숲에서 가장 내밀한 숲의 음부에서! 배는 누이의 몸 위에서 격렬하게 움직였다. 배의 성기가 누이의 몸속으로 계속 들락거렸다. 나는 누이의 몸에서 벗겨나간 옷의 온기 위를 뒹굴었다. 누이의 온기를 마시며 살짝 그 옷 속으로 들어가보기도 했다. 누이의 체취가 진하게 묻어났다. 나는 누이의 체취를 마시며 눈물을 흘렸고, 자작나무들은 내 눈물을 마셨다. 누이는 숲 위로 천천히 부상하고 있었다. 그곳은 망각이라는 이름의 강이 흐르는 곳이었다. 예전에 포도밭에서 어지럼증을 느꼈을 때, 나는 쓰러져가는 육신 밖에서 회색의 강물이 흐르는 망각의 강을 본 적이 있었다. 그리고 그 강을 따라 며칠 동안 유순하게 흘러갔다. 선과 악이 없는, 안개만 자욱한 강, 죽음의 강이었다. 하지만 누이의 경우는 달랐다. 이 망각의 강에 배가 누이를 밀어 넣고 있는 것이었다. 나는 배의 몸에 돌을 던져 넣었다. 놀라 눈을 뜬 배는 누이의 얼굴을 쳐다보더니 누이의 팔을 붙들고 줄행랑을 쳐버렸다.

△

배가 누이를 끌고 숲을 빠져나간 뒤, 나는 잊고 있었던 배를 떠올렸다. 내가 막 중학교에 진학할 즈음, 마을 한복판에 지서가 섰다. 마을 사람들 중 몇몇이 지서에 사식을 대는 일, 지서에서 나오는 빨랫감을 세탁하여 넣어주는 일 등의 허드렛일을 하게 되었다. 그리고 지서 앞 미루나무에 큰 주발같이 생겨먹은 스피커가 덩그라니 놓이게 되었다.

성능 좋은 확성기는 한낮의 태양처럼 마을 사람들의 머리 꼭대기에서 오포(午包)를 알렸고, 민방위 훈련과 대민 생활 수칙을 알려주었다. 확성기로부터 들리는 모든 소리들은 마을의 방위와 안녕을 위한 선(善)이었다. 경찰서와 확성기가 들어서면서 동네에는 생소한 상점들이 들어섰다. 지서와 가까운 곳에 장의사가 들어섰고, 읍내에서나 볼 수 있던 다방이 생겼다. 이 일로 고지기는 몇 대를 내려오던 일에서 손을 떼야 했다. 간혹 동네 사람들 중 상을 당해 상여가 나가면 종을 흔들며 상여 앞잡이 노릇을 할 뿐 제 목청으로 세상의 독한 기운을 빨아내고 토해내는 일은 끝난 셈이었다. 배는 술도가에서 누룩을 말리고 자전거에 술독을 실어 개울에서 빈 독을 씻는 일에 열중했다. 그리고 정오가 되면 다방에 앉아 다방 여자들과 노닥거렸다. 다방 여자들이 티켓을 끊어 밖으로 나가면 배는 창문으로 사람들을 구경했다. 시간이 갈수록 계란 껍데기처럼 매끈해져가는 사람들의 얼굴, 그 얼굴에서 삶의 희열을 엿볼 수 있었고, 반짝거리는 구두와 전봇대에 성냥을 그어 담배를 피우는 사람들에게서 배는 자신만 남겨두고 어디론가 떠나가는 사람들의 소통할 수 없는 면면을 구경했다. 이 모든 것들을 참는다 해도 배는 마을 사람들 간에 신앙심처럼 품고 있던 연대 의식은 잃지 말아야 한다고 생각했다. 고지기의 목소리로 위로받던 세상, 그 저층에 깔려 있는 주술적 공동체가 그것이었다.

「아부지이가아 주것었거든!」

그러던 어느 날 배의 목소리가 엷은 안개를 뚫고 동네 사람들의 귓바퀴에 닿았다. 바로 배의 아버지인 고지기가 세상을 등진 날이었다. 아부지이가아 주것었거든, 이 말은 하루 온종일 마을 사람들의 귓바퀴를 울렸고, 배의 슬픔이 빈 그릇들과 물을 받아놓은 양동이에 고였으며 문틈을 비집고 들어가 방과 옷장마다 먼지처럼 쌓였다. 공기가 스며들 수 있는 곳이라면 배의 구성진 곡소리는 여지없이 파고들었다. 동네 사람들은 문을 걸어 잠갔다. 그리고 빨래를 걷고 둑에 내놓은 가축들을 집으로 불러들였다. 배는 아버지를 뽕밭이 있던 뒷산 마을 공동묘지에 묻었다. 그런데 고지기의 죽음을 나 몰라라 하던 마을 사람들이 고지기의 시신을 파내고 말았다. 뒷산에 묻혀 있던 마을 사람들의 귀를 괴롭힐 우려가 있으며, 그것이 장차 마을에 화를 불러

올 수도 있다는 기우 때문이었다. 결국 배는 장사 지낸 지 일주일 만에 아버지를 다시 파내어 화장(火葬)했다.

△

　며칠 뒤, 누이가 왔다. 누이는 하얀 모자를 쓴 채 한 손엔 비닐봉지를 들고, 한 손엔 삽을 들고 있었다. 누이는 내가 누워 있는 자작나무 아래에 비닐봉지를 묻었다. 비닐봉지는 두 개였다. 하나는 귀가 들어 있었고, 하나는 칼이 들어 있었다. 오래전 배가 가지고 다니던 칼이었다. 그동안 칼은 수많은 사람들의 피를 먹고 눈에 띌 만큼 자라 있었다. 누이는 자작나무 아래에 누워 하늘을 보았다. 지난밤 거친 파도와 싸워 이긴 사람처럼 지쳐 보였다. 나는 누이의 몸 안으로 들어갔다. 누이는 한 아이를 끌어안고 있었다. 내가 이 아이는 누구요? 하고 물었다. 누이는 희미하게 웃을 뿐 말을 하지 않았다. 누이의 몸 안에 달이 뜬 것이었다.
　「누이, 아이를 가졌소!」
　바람이 불었다. 나는 누이가 들고 온 귀에서 소리를 들었다.
　「내가 널 좋아했거든. 나는 이 세상에서 너밖에 없었거든. 니네 집에 제사 있는 날이면 술을 사러 올 널 보기 위해 잠도 안 자고 기다렸거든. 다른 집은 몰라도 니네 집에서는 초상 같은 거 안 났으면 하고 바랬거든. 나도 내 아버지가 부끄러웠거든.

독한 술독을 씻으며 사는 나와 포도밭에서 포도 따는 네가 비슷한 생각을 한다고 믿었거든. 그런데 니가 그놈을 만날 줄은 정말 몰랐거든. 그래, 내가 그놈을 죽였거든. 그놈만 없으면 된다고 생각했거든. 그런데 니가 도시로 공부하러 갈 줄은 정말 몰랐거든. 뭐꼬? 니, 니가 이럴 수 있는 기가? 이것들이 짜고 날 죽일라꼬! 너거가 날 죽일 수 있다고 생각하나? 빙신 같은 새끼들! 덤벼봐라. 꽉 나도 죽고, 너거도 죽을 끼거든!」

누이는 내 무덤을 파기 시작했다. 허겁지겁, 두 손으로 낙엽들을 긁어내고, 흙을 파냈다. 하지만 누이는 날 찾지 못했다. 이미 이 자작나무 숲 곳곳에 흩어진 내 육신을 만져보기는 틀린 일이었다. 그렇다고 누이가 밟고 서 있는 땅 아래에 누워 있는 내 정령을 들여다볼 수도 없는 노릇이었다. 부챗살처럼 펼쳐진 빛줄기 속에서 누이는 두 손으로 내가 누워 있는 숲의 흙을 두 손에 담아 볼에 부볐다. 이제 모두 끝난 일이라고 말했다. 배가 죽었으니 마을은 다시 예전처럼 돌아갈 거라고 말했다.

△

배가 사용하던 칼이 조금씩 녹을 벗기 시작했다. 그것은 곧 빗물에 붉게 변하고, 조그마한 웅덩이를 만들었다.

△

　가을이 지나고 봄이 되자 그 웅덩이에서 매미들이 번식하더니 자작나무 숲으로 날아올랐다. 매미는 악착같이 울어댔다. 흡사 고지기인 배의 목소리와도 같았다. 나는 귀를 막고 매미들의 울음소리를 듣지 않으려고 했다. 그런데 정작 배의 정령이 옮아간 곳은 매미가 아니었다. 육신의 편린들이 매미가 되어 울어댈 때, 정령은 배가 휘두르던 칼에 옮겨져 있었다. 그 칼은 부식되지 않았다. 시간이 갈수록 형체가 또렷했다. 살기마저 등등해진 그 칼이 정령들과 빛을 게워냈고, 그 살기에 숲은 죽은 물고기처럼 허옇게 변해갔다. 또 칼은 밤마다 조금씩 자라기도 했다. 그러더니 자작나무 뿌리들을 잘라놓기 시작했다.

△

　이듬해 봄, 허옇고 붉게 변해버린 자작나무 숲은 마치 거대한 상여처럼 보였다.

누가
말렝을
죽였는가

1

소라는 효창운동장 옆 스타벅스에서 아르바이트를 했다. 시급 3,200원에 점심으로 볶음밥이 제공되는 곳이었다. 집도 가깝고 학교도 근처에 있어서 여러 가지로 마음 편한 일자리였다. 소라는 거기서 처음으로 말렝을 만났다. 초록색 앞치마에 화장기 없는 스물세 살 소라가 나무처럼 비쩍 마른 마흔두 살 말렝에게 처음 했던 말은 "어서 오세요!"였다.

7월, 장마가 시작되던 날이었다.

"아메리카노!"

커피를 시켜놓고 말렝은 책을 봤다. 밀려드는 손님 때문에 소라는 말렝을 자세히 보지 못했다.

이튿날에도 말렝은 스타벅스로 왔다. 우산 대신 책을 머리 위에 받쳐 들고 온 말렝은 제일 구석 자리에 앉았다. 커피를 주문하고 말렝은 창가에 앉아 도톰한 책을 펼쳤다. 들고 있던 책을 보다가 볼펜을 입으로 쪽쪽 빨고는 밖으로 나가서 담배를 피우기도 했다.

그날은 좀 한가했다.

"유 아메리칸?"

궁금한 건 좀체 참지 못하는 소라가 이렇게 물었다.

"프랑스!"

문을 열고 나가는 말렝을 보며 소라는 각설탕 하나를 깨물었다.

다음 날에도 말렝은 스타벅스에 왔다. 커피를 주문하고 조용히 테이블에 앉아 책을 봤다. 친구에게 문자를 보내고 있던 소라는 말렝을 흘끔 훔쳐봤다. 말렝의 손등이 너무나 희고. 살짝 호주머니 밖으로 삐져나온 새끼손가락은 너무 작았다. 저렇게 작은 손가락을 무슨 용도로 사용할까? 그런 생각은 점점 소라의 가슴에서 부풀어 올랐다. 생각은 공상일수도 있고, 상상일 수도, 환상이나 전설, 꿈일 수도 있었다. 가스레인지에 올려놓은 물 주전자처럼 넘어지지만 않으면 언젠가 하얗게 증발할 공상. 발설하지 않으면 오롯이 자신의 것이 되고 마는 이야기, 짝사랑이었다.

스타벅스에서 말렝을 본 지 일주일 되던 날, 소라는 커피를 한 잔 만들어 말렝 앞에 앉았다.

"제 이름은 소라예요."

스물세 살의 당돌한 소라였다.

"난 말렝."

"여기서 프랑스는 멀어요?"

장마가 끝나고 한 달 뒤, 이번엔 큰 태풍이 올 거라는 뉴스가 있었다. 그 태풍이 오기 전에 소라는 여권을 만들어 말렝과 함께 프랑스로 갔다.

말렝은 프랑스 파리에 있는 작은 아파트에 살았다. 331호. 층계에 송진 냄새가 물씬 풍기는 나무 손잡이가 있었다. 그 손잡이를 잡고 내려와서 소라가 제일 먼저 한 일은 프랑스 랭귀지 스쿨에 입학하는 것이었다. 그리고 아파트로 돌아오는 길에 한국에 전화를 걸어 말렝과 결혼해야겠다고 말했다. 가족들은 펄쩍 뛰었다. 프랑스로 여행을 간다던 소라였다. 가방에는 속옷 2벌과 다음 달 명세서가 날아올 신용카드 한 장과 약간의 현금, 휴대폰, 노트북, 스타벅스 마크가 새겨진 컵이 전부였는데 결혼이라니. 소라는 케케묵은 말이지만 사랑에는 국경도 없다는데 왜들 그러시냐고 화를 냈다.

"그 사람이 누군데?"

엄마가 물었다.

"말렝."

잠시 조용했다.

"누구라고?"

"말렝이라고! 이 사람은 때마다 오는 야구 선수가 아냐!"

소라가 버럭 소리를 질렀다.

이 말은 어려서부터 어머니에게 쭉 들어왔던 이야기의 한 대목이었다.

소라가 중학교에 입학했을 때, 관광버스에 실려 온 야구 선수들이 효창운동장 벤치에 앉아 김밥을 물에 말아 먹었다. 하얀 운동복을 입은 그들은 경기가 끝나면 버스 뒤로 불려가서 흠씬 두들겨 맞고는 허연 바지를 툴툴 털며 버스에 올랐다. 그런 오빠들을 보면 소라는 눈물이 났다.

"이년아, 쟤들은 내년에도 또 와. 울긴 왜 우니!"

어머니가 소라에게 소리쳤다.

열일곱 살이 되던 해, 소라는 하얀 운동복을 입은 오빠들을 집으로 초대해서 촛불을 끄고 케이크를 자를 수 없다는 것을 절감했다. 멋진 오빠들은 보기보단 경기에 쉽게 졌고, 두 번 다시는 경기장에 나타나지 않았다.

"너 좋을 대로 해라."

소라가 프랑스에 와보니 텔레비전에서 나오는 사람들이 모두 프랑스어를 구사했다. 슈퍼마켓에서 일하는 사람도, 우체부도 프랑스 말을 사용했다. 심지어 길거리에 거지들까지 프랑스 말만 했다. 불어불문학과에 다녔던 소라는 그게 좋았다. 고급스러운 도시라고 생각했다. 이 고급 도시를 소라는 아침마다 산책했다. 산책길에 버려놓은 의자를 주워 텔레비전 앞에 갖다놓기도

했다. 조금 삐걱거리는 소리가 들릴 뿐 텔레비전을 보는 데는
안성맞춤이었다. 이런 소식을 한국에 있는 친구들에게 전했다.
의자에 앉아 스타벅스 커피 잔으로 커피 마시는 장면을 학과 인
터넷 게시판에 올렸다. 친구들의 댓글이 장난 아니게 달렸다.
댓글에 답을 남기는 것도 힘들 지경이었다.

"아파?"
퇴근을 하고 집으로 돌아온 말렝이 침대에 누워 일어나지 않
았다. 저녁도 거른 채 누워서 천장만 쳐다보았다.
"왜 그래?"
"그 사람도 아플 거야."
소라는 말렝이 회사에서 동료와 다퉜구나 생각했다.
"그 사람이 누군데?"
"벵쌍."
벵쌍? 어디서 많이 들어본 것도 같은 이름이었다. 생각을 해
보니 소라가 알고 있는 벵쌍은 사람의 이름이 아니라 거리 이름
이었다. 벵쌍-오리올 대로. 소라는 말렝에게 이런 이야기를 하
지 않았다. 파리에서 태어나고 학교까지 다닌 말렝이 거리의 이
름과 사람의 이름을 혼동할 리 없다고 생각했다.
"어디가 어떻게 아픈데?"
"어깨."
말렝은 침대 매트리스 위에 세 장의 담요를 깔아 침대를 창문

높이만큼 높였다. 그리고 돌아누워 물끄러미 창밖을 응시했다. 밤에도 별반 다르지 않았다. 날갯죽지가 꺾인 날짐승처럼 침대에 누워 거리를 응시했다. 파리 18구. 박애의 거리. 파리에서 이곳은 유독 흑인과 아랍인 들이 많았다. 말렝은 바쁘게 사람들을 쫓았다. 그러면서 생면부지의 사람에게 이름을 지어 부르기도 했다.

"어이, 에뚜시, 내 어깨를 친 벵쌍 씨를 아나?"

소라가 파리로 온 지 한 달. 파리 18구, 박애의 거리로 느닷없이 경찰이 들이닥쳤다. 경찰과 함께 쳐들어온 기자들의 카메라 플래시에 주민들은 아연실색했고 곳곳에 비명이 난무했다. 여자와 아이들의 비명 소리가 계단을 타고 진동했고, 이내 의자며 탁자며 가구들이 길거리로 내동댕이쳐졌다. 뿐만 아니었다. 마레 지구와 벵쌍-오리올 대로에 큰 화재가 났다.

"무슨 일이지?"

소라가 말렝에게 물었다.

"그놈이 그랬을 거야."

텔레비전 뉴스에 소라가 본 장면들이 고스란히 보도되었다. 말리, 아이보리코스트 등지에서 온 흑인들이 불법체류자로 추방을 당하는 장면이었다.

"질긴 놈."

텔레비전 뉴스를 본 뒤, 말렝은 종이에 뭔가를 적었다. 소라는 말렝이 종종 나무에 관해 신문기사를 써서 신문사에 보내던

게 떠올라 이제 안정을 되찾았나 생각했다.

그러나 그것은 소라의 착각이었다. 말렝이 침대에 걸터앉아 끼적거리던 것은 몽타주였다. 2백여 장의 몽타주를 그려놓고 말렝은 모두 같은 사람이라고 했다. 웃는 얼굴, 우는 얼굴, 빛이 오른쪽 귀 위에서 쏟아질 때의 얼굴, 입을 내민 얼굴, 곰곰이 생각에 잠긴 얼굴 등 집 안 여기저기에 얼굴들을 붙여놓았다.

"이 사람들이 다 누구야?"

"벵쌍 씨."

"벵쌍 씨가 누구냐고. 이를테면 아래층 사르쿠지처럼 말보로 회사에서 판촉을 한다든가 뭐 그런 직업이 있을 게 아냐."

"벵쌍 씨가 내 어깨를 치고 갔다니까."

"단지 그것?"

"그것은 단지가 아냐."

"그럼 또 뭐?"

"내 하나밖에 없는 오른쪽 어깨를 툭 쳤다니까!"

말렝은 차에 부딪힌 개처럼 어깨를 끌어안고 몸을 잔뜩 웅크렸다.

"어떻게?"

그날, 벵쌍-오리올 대로에서 벵쌍 씨와 어깨를 부딪히기 전에 말렝은 육교를 걷고 있었다. 오후에 비가 와서 육교에 빗물이 군데군데 모여 있었다. 말렝은 육교에서 잠시 8차선 도로를 내려다봤다. 차들이 정신없이 달리고 있었다. 그 순간 말렝은 비가 많이 오면 어쩌나 걱정을 했다. 달리는 차를 보며 이렇게 생각한 것은 차들이 너무 빨리 달려서 그의 눈에는 마치 흐르는 강물처럼 보였기 때문이다. 먹구름이 잔뜩 몰려 있는 하늘을 올려다보고는 며칠 전 공원에 너무 어린 나무들을 조림한 건 아닌지, 배수로는 잘 팠는지 걱정을 하며 육교를 내려가기 위해 좌측 계단으로 방향을 바꿨다. 그때까지도 말렝의 시선은 하늘과 맞닿은 지평선쯤에 가 있었다. 계단을 네 개 정도 내려섰을까. 모자를 푹 눌러 쓴 어떤 남자의 오른쪽 어깨가 말렝의 오른쪽 어깨를 툭 쳤다. 순간 말렝은 중심을 잃고 그대로 계단에 주저앉았다. 일어서려고 팔을 뻗으니 가벼운 플라스틱 펜스가 손에 잡혔다. '공사 중'. 정신이 번뜩 든 말렝이 플라스틱 펜스 뒤를 봤다. 그곳에는 육교 계단이 절단되어 허방이었다. 깜짝 놀란 말렝은 금방 어깨를 치고 간 사람을 찾았다. 모자를 눌러 쓴 남자가 뒤돌아서서 말렝을 쳐다봤다. 짧은 순간이었다. 말렝은, 그 남자의 눈을 봤다. 그 남자의 눈은 생각하고 있었다. 그 순간 말렝은, 누구나 아는 상식적인 일이었지만, 자신 이외의 누군가가 '생각한다'는 사실이 무서워졌다. 자신이 운전하는 차와 자신이 신는 신발과 자신이 보는 책들, 자신이 소유하고 있는 집과 그 외 모든 것들에 대해서 자신을 기준으로 살아가고 있었는데, 그 순간 그 남자의 삶이 얼핏 보였다. 아니, 육교에서 자신을 보고 있는 그 남자의 시선에서 바로 자신이 보였던 것이다. 플라스틱 펜스를 붙잡고 겨우, 간신히, 죽음과 삶의 경계에서 벌레처럼 버텨내고 있는 초라한 자신이 보였다. 감전된 듯, 말렝의 모든 기관은 정지했다. 충격이었다. 자신이 그 남자와 어깨를 부딪치는 순간 말렝은 자신의 존재감이 0이었다는 사실에 움직일 수가 없었다. 말렝은 자신도 모르게 그 남자에게 손을 내밀었다. 그 남자는 낯빛 하나 변하지 않고 돌아섰다. 말렝은 철제 난간을 붙들고 자신의 두 다리를 봤다. 추락하지 않으려고 난간에 걸려 있는 두 다리. 허겁지겁 육교로 뛰어올라갔다. 거기에 커다랗게 화살표 푯말이 있었다. '공사 중! 위험, 돌아가세요!' 말렝은 그 남자를 찾느라 두리번거렸다. 건너편으로 육교를 내려온 남자는 서점 골목으로 들어갔다.

"벵쌍 씨, 잠깐만요!"

말렝이 외쳤다.

2

"아직도 아파?"

소라가 말했다.

"응."

시간이 갈수록 말렝의 상태는 심각해졌다. 통증이 어깨에서 쇄골을 타고 목으로 온다며 호들갑을 떨기도 했고, 화장실을 가면서 몸이 오른쪽으로 기울어져서 냉장고 모서리에 부딪히기도 했다. 또 자신과 부딪힌 벵쌍 씨도 이런 고통에서 벗어나지 못하고 있다며 근처 병원에 전화를 걸어 자신과 증세가 똑같은 환자가 있냐고 묻기도 했다. 어떤 날은 누워 있던 말렝이 갑자기 일어나 인터넷으로 검색을 했다. 벵쌍, 베상, 뺑상, 방상, 벵사……, 검색을 하다가, 파리에 있는 주민자치센터에 들어가서 인물 검색을 하기 시작했다. 그것도 딱 하루. 다시 침대로 돌아온 말렝은 천장을 올려다보며 누워 있었다.

"넌 어디에 있니?"

말렝이 소라에게 물었다.

"내가 어디에 있다니?"

말렝은 소라가 가지고 온 빵을 손바닥에 놓고 돌렸다. 구슬처럼 변한 빵을 천장에 던졌다. 천장에 맞고 떨어진 빵부스러기들이 말렝의 몸 여기저기에 떨어졌다.

"네 존재가 네 몸 어디에 있는가 하는 말이야. 예를 들어 손바닥에 네가 있다든가 발가락 끝에 네가 있다든가 하는 거 말이야."

소라는 자신의 손바닥을 한참 동안이나 구경했다.

"어깨와 쇄골 사이에 내가 있었어. 여기, 만져봐."

소라는 그저 멍하게 말렝을 쳐다볼 뿐이었다.

말렝은 커튼을 쳤다. 더 이상 창문으로 시선을 돌리지 않았다. 대신 소라의 행동을 유심히 관찰했다. 소라는 이런 말렝의 태도가 나쁘지 않다고 생각했다. 말렝의 우울이 나아가는 중이라고 믿었기 때문이었다. 그래서 소라는 파란 바탕에 해바라기 무늬가 박힌 치마를 입고 경쾌하게 집을 뛰어다녔다. 텔레비전을 켜놓고 춤을 추기도 했고, 말렝 곁에서 프랑스 소설을 읽어주기도 했다. 때론 근처 한인타운에 들러 배추와 고춧가루를 사와서 어설픈 김치를 만들어 식탁에 올리기도 했다.

"왜 그러니?"

식탁에서 말렝이 말했다.

"뭐가?"

"무슨 생각으로 사니?"

"무슨 생각으로 사냐니?"

말렝이 피식 웃었다.

그날부터였다. 말렝이 변했다. 커튼을 치고, 컴컴한 거실에서 하루에 다섯 번씩 섹스를 했다. 소라가 산책길에 주워온 의자에 소라를 눕혀놓고 섹스를 했고, 소라의 성기에 향수병을 꽂아 이상한 체위를 요구할 때도 있었다.

"제발……"

소라는 무릎을 꿇고 빌었다.

"넌 이것밖에 몰라……"

말렝은 거칠었다.

소라는 지갑을 들고 집을 뛰쳐나갔다.

캄캄한 밤이었다. 어디로 가야 할지 몰랐다. 이럴 줄 알았더라면 담배라도 배워둘 걸 생각하기도 했다. 멍하니 지나가는 사람들만 쳐다봤다. 그때 어떤 아랍계 여자가 소라 쪽으로 와서 원하는 게 뭐냐고 물었다. 무서워진 소라는 아니라며, 손사래를 쳤다. 그래도 아랍계 여자는 원하는 게 있을 거라며 집요하게 물었다. 소라는 짜증을 내며 지금 상태에서는 어떤 것도 필요 없다고 말했다. 그러자 그 여자는 싸구려 가방에서 보잘것없는 사탕 하나를 꺼내 소라에게 건넸다. 여자를 물끄러미 쳐다보던 소라는 사탕을 받았다. 그리고 사탕을 입에 넣고 한숨을 내쉬었다. 자신에게 닥친 불행들이 사탕처럼 녹아 사라지기를 간절히 기도하는 마음이었다. 잠시 눈을 감고 서 있는 소라에게 아랍계 여자가 친구가 있느냐고 물었다. 소라는 고개를 흔들었다. 자기가 좋은 친구를 소개시켜주겠다며 따라오라고 했다. 무슨 친구냐고, 누구냐고 물었다. 여자는 파리에 친구가 많다고 했다. 친구 중에는 베트남에서 물소를 사다가 멋진 구두를 만드는 사람도 있다고 했다. 또 어떤 친구는 파리에서 타로 점으로 운세를 잘 맞춘다고도 말했다. 특히 아시아계 여자의 운세는 틀린 적이 없다고 했다. 소라는 그런 친구는 필요 없다고 말했다. 대신, 벵쌍이라는 사람을 아느냐고 물었다.

"벵쌍?"

"네, 벵쌍."

아랍계 여자는 소라 곁에 쪼그려 앉았다. 그러고는 담배를 꺼내 물었다. 마치 주문을 외우듯 벵쌍 벵쌍 벵쌍, 하며 벵쌍의 이름을 반복했다. 그럴 때마다 여자의 입에서 담배 연기가 뿜어

저 소라의 콧잔등 위로 날아왔다. 그러다가 여자가 어디론가 전화를 걸었다. 전화를 끊고는 다시 뱅쌍의 이름을 암송하더니 또 전화를 걸었다. 아주 빠른 프랑스 말이었다. 전화를 끊을 즈음, 아랍계 여자는 소라의 어깨에 팔을 두르더니 뱅쌍 씨를 찾았다고 말했다. 그리고 길거리로 달려가서 택시를 잡았다.

"친구가 뱅쌍 씨를 알고 있다네요. 뱅쌍 씨를 만나려면 뱅쌍-오리올 대로로 오래요. 지금 당장!"

"정말요? 설마…… 그냥 해본 말인데……"

"내 친구는 모르는 사람이 없어요. 어서요, 어서!"

아랍계 여자가 소라에게 친구의 전화번호를 적어줬다. 그리고 달려온 택시에 소라를 밀어 넣었다.

"뱅쌍-오리올 대로, 다섯번째 육교 앞으로 가요. 거기에 친구가 기다릴 거예요. 만약 안 나오면 전화를 걸어요. 틀림없이 거기서 당신을 기다릴 거예요. 당신에게 행운이 함께해서 좋아요."

영문도 모른 채 소라는 택시를 타고 뱅쌍-오리올 대로로 갔다. 아랍계 여자가 말했던 뱅쌍-오리올 대로에 도착하니 비가 오기 시작했다. 소라는 육교 아래에 서 있었다. 조금 뒤, 유난히 턱이 하얀 여자가 다가왔다. 레이스가 많이 달린 치렁치렁한 옷을 입은 여자는 소라에게 손을 내밀며 인사했다. 소라는 그녀에게 뱅쌍 씨를 정말 아느냐고 물었다. 그녀는 웃으며 그렇다고 대답했다. 소라는 그녀를 따라 골목 안으로 들어갔다. 그곳은 매춘굴처럼 생긴 서점 골목이었다. 빨갛고 파란 불을 켜놓고 책

몇 권을 진열해놓고 있었다. 가면 갈수록 불빛이 단조롭고, 점점 어두웠으며, 길도 좁았다. 겨우 한 사람이 빠져나갈 정도의 길이 나오자 앞서 걷던 여자는 지그재그로 골목 깊숙이 소라를 데리고 갔다. 마침내 작은 문 앞에서 걸음을 멈췄다. 여자는 노크를 하고는 문 안으로 사라졌다. 5분쯤 뒤, 여자가 들어오라고 손짓했다. 문을 열고 들어서자 다섯 사람이 의자에 앉아 있었다. 한 사람은 자신이 벵쌍이고 자신과 대화를 하려면 10유로를 내야 한다고 말했다. 10유로를 내고 소라는 그에게 정말 벵쌍이 맞냐고 물었다. 그 사람은 자신은 분명히 벵쌍이고 10유로를 더 내면 자신의 어린 시절을 들려주겠다고 말했다. 두번째 남자에게도 똑같은 질문을 했다. 그러자 남자는 자신이 벵쌍 씨라며 5유로만 더 내면 소라의 고민을 100퍼센트 들어주겠다고 말했다. 세번째 남자도 자신이 벵쌍이고 20유로만 내면 모든 근심 걱정으로부터 해방되어 새처럼 세상을 날 수 있게 해주겠다고 말했다. 네번째 남자도 자신이 벵쌍이고 자신과 섹스를 한 번 하는 조건으로 소라가 지목하는 한 명을 깨끗하게 살해해주겠다고 말했다. 다섯번째 남자는 자신이 벵쌍이고, 100유로를 내면 한 달간 100명의 벵쌍을 만나게 해주겠다고 말했다.

"모두 벵쌍 씨가 맞나요?"

"그렇소."

"저는 남편의 고통에 대해 묻고 싶어서 찾아온 것입니다. 제 남편이 벵쌍 씨를 찾는 이유, 그 고통의 이유를 말입니다."

아무도 소라를 상대해주지 않았다. 소라는 그들 앞에 20유로를 내놓았다.

"누구든 좋으니 제 질문에 대답을 해주세요."

소라는 그동안 말렝과 있었던 이야기를 들려주었다.

"마담, 코끼리만 하던 삶이 토마토 씨앗만 하게 되었다면 이해하시겠어요? 그것보다 더 작아진다면 그 고통을 이해하시겠어요? 당신 남편은 계단의 끄트머리에서 삶이 갑자기 축소되면서 사라지는 과정을 목격한 것입니다."

첫번째 벵쌍 씨였다.

"남편의 고통은 삶이 초라하다는 데서 오는 모멸감입니다. 그것은 가려움과도 같은 것입니다. 삶이 가려워 긁다 보면 피가 나고, 마침내 자신의 모든 것을 긁어내어 결국 죽습니다."

두번째 벵쌍 씨였다.

"남편은 죽었습니다. 더 정확히 말해서 그날 이미 육교에서 추락했던 것입니다. 남편이 날 찾는 이유는 내 눈 안에 있는 자신의 죽은 모습을 찾고 싶어서 그럴 것입니다. 실제 죽었는지 살았는지 확신이 없어서요. 그러니 내가 남편을 만나는 것은 결코 도움이 안 될 것입니다. 죽음을 앞당기는 것 밖에."

세번째 벵쌍 씨가 말했다.

네번째 남자가 일어서더니 소라의 치마를 들췄다. 이건 아니라고 정중히 손을 흔들었다. 그리고 뒤돌아 문을 박차고 나왔다.

소라는 골목을 뛰었다. 알 수 없는 길이 계속 나왔다. 본 것 같기도 한 책이 곳곳에 진열되어 있고, 만난 것 같기도 한 사람들이 골목마다 서 있었다. 소라는 누가 따라오지는 않는지 몇 번이고 뒤돌아봤다.

마침내 큰길이 나왔을 때, 소라는 잠시 정신이 혼미해지는 것을 느꼈다. 길에 걸어가는 사람들이 모두 벵쌍 씨였다.

3

말렝이 통브-이수아르 26번가에서 총을 한 자루 사왔다. 소라는 말렝이 자살을 할 거라고 생각했다. 자살을 하지 않으면 그 총으로 자신을 쏴 죽일지도 모른다고도 생각했다. 그래서 소라는 세 장의 유서를 써서 서랍에 넣어두었다. 아파트에서 죽으면 자기 신원에 대해 잘 모를 것 같아서 벽에 커다랗게 한국 주소를 써놓기도 했다.

하지만 말렝은 총을 침대 머리맡에 두고 잠만 잤다. 소라가 브래지어 훅을 푸는 소리에도 말렝은 깜짝깜짝 놀라곤 했다. 커피 잔을 딸깍거리기만 해도 말렝은 벌떡 일어나서 총을 소라의 머리에 겨누었다.

"왜 그래?"

소라가 말했다.

"신호지?"

"신호라니?"

"뱅쌍과 교신을 하는 거지?"

"신호는 뭐고 교신은 뭐야. 나는 커피를 마셨을 뿐이야."

소라가 말렝과 말싸움을 하고 있는 사이 초인종이 울렸다. 카디건을 걸친 소라가 현관으로 갔다. 말렝의 친구쯤으로 보이는 남자가 서 있었다. 자주 있는 일은 아니었지만 간혹 말렝의 친구가 찾아오곤 했다. 게다가 소라는 모든 프랑스인에게 호의적이었고, 약간의 경외심을 가지고 있던 터였다. 그래서 소라는 거리낌 없이 문을 열어주었다.

"옆집이 경매에 나왔는데 문이 잠겨 있어서 집을 구경할 수 없네요. 좀 들어가서 봐도 될까요?"

소라는 말렝을 살짝 쳐다본 뒤 문을 열어주었다. 이 방 저 방을 구경하던 남자는 침대에 누워 있던 말렝을 보곤 보이스카웃처럼 두 손가락을 눈썹에 갖다 대고 인사했다. 그게 문제의 발단이 되었다. 말렝이 벌떡 일어나서 그 남자의 머리에 총을 겨누었다. 그러고는 뭐라고 큰 소리로 떠들어 댔는데, 소라는 도통 알아들을 수가 없었다. 자칫 방아쇠를 당기면 어쩌나 걱정이 되어 소라가 말렝의 팔을 붙들고 말렸다. 소용없는 일이었다. 말렝은 그 남자를 부엌으로 질질 끌고 가서 쓰레기봉투로 팔을 묶고 고백하라고 외쳤다.

"무엇을 고백하죠?"

"내 어깨가 보고 싶었지? 어떤 모양으로 상처가 났는지 궁금해서 잠을 잘 수가 없었지?"

말렝은 흥분했다.

"벵쌍 씨가 맞아?"

소라가 물었다.

"그럼, 난 저놈을 기억해. 입이 약간 오른쪽으로 기울었잖아. 경멸이지. 매일 잠을 자기 전에 날 떠올리며 저주를 했던 거야. 입술은 거짓말을 못하거든."

말렝은 이 남자가 벵쌍 씨가 분명하다고 말했다.

"저는 신문에 난 경매 광고를 보고 처음 이 동네에 왔습니다. 길을 몰라서 택시를 타고 두 번을 물어 찾아왔습니다. 잘못한 게 있으면 정중히 사과드리겠습니다."

남자가 덜덜덜 턱을 떨며 말했다.

"이 사람은 죄가 없어요. 말렝, 어서 풀어주세요."

소라는 눈물을 글썽였다. 그렇게 독기를 품은 말렝을 처음 봤기 때문이었다. 임업 연구실에서 일하는 사람이, 벌레에 강한 활엽수를 개발하는 사람이, 이 지경이 될 줄은 몰랐던 것이다.

"제발, 제발."

소라는 무릎을 꿇고 빌었다.

말렝은 그 남자에게 소파를 가리키며 앉으라고 말했다. 그 남자는 바지에서 팔랑팔랑 소리가 날 만큼 떨며 소파로 가서 앉았다. 이번엔 소라에게도 소파에 가서 앉으라고 말했다. 2인용 소파였다. 소라와 남자는 나란히 소파에 앉았다. 말렝이 보기에는 꽤 친한 사이처럼 보였다. 앉아 있으면서도 소라는 불안했다. 무슨 의도인지 대번에 눈치를 챘기 때문이었다. 아니나 다를까, 말렝은 두 사람이 언제부터 이렇게 붙어먹는 사이냐고 따졌다. 총을 번갈아가며 겨눈 채. 소라가 한국어로 말할 수 있다면 어느 정도 말렝을 회유할 수 있었겠지만 더듬거리는 말솜씨로는 어림도 없었다.

"당신의 아내는 여기서 처음 봤습니다. 경매로 옆집이 나오지만 않았어도 우리는 이 소파에 앉지도 않았을 것입니다. 아, 아침에 제가 신문을 사서 읽지만 않았어도 당신에게 이런 어처구니없는 변명은 하지 않았을 겁니다. 보잘것없는 신문 나부랭이가 지금 저를 쩔쩔매게 하는 원인입니다. 댁의 부인과는 전혀, 아무런 관계도 없습니다."

남자는 호주머니에서 담배를 꺼내 들고만 있었지 피우지는 않았다.

"설령 내가 당신과 길거리에서 마주쳤더라도 당신에게 시간을 묻지도, 길을 묻지도, 라이터를 빌리거나 흙탕물을 튀겨 바지를 더럽히는 일도 없었을 겁니다. 당신만큼은 아닐지라도 저는, 저의 할머니 말대로라면 파리에서 손에 꼽을 정도로 조심성 있는 사람입니다."

남자의 긴 설명에도 불구하고 말렝은 남자와 소라의 관계를 캐물었다.

"제발……"

소라의 볼에 검은 눈물이 흘렀다. 악몽이거나 아주 나쁜 영화를 억지로 보는 듯했다. 더욱이 소라를 슬프게 한 건 그 어떤 탈출구도 보이지 않았기 때문이었다. 그때, 뭔가 무거운 것이 얼굴을 지나갔다. 그리고 구슬 구르는 소리가 들렸고, 그 뒤로는 기억이 나지 않았다.

소라가 의식을 되찾았을 때, 그녀는 가랑이를 벌린 채 말렝과 섹스를 하고 있었다. 의식 없는 육체가 오르가슴에 도달한 것도 같았다. 소라는 웃었다.

그날 밤, 소라는 집을 나왔다. 미친 듯이 걸어 다녔다. 골목마다 벵쌍 씨가 나왔다. 벵쌍 씨들은 술집에서 술을 마시거나 카페에서 차를 마시며 수다를 떨었다. 간혹 그런 벵쌍 씨들 중 몇몇은 소라에게 말을 걸기도 했다. 자신의 몸에 들어와 있는 소라를 보여줄 테니 자신과 함께 모텔로 가지 않겠냐고 대놓고 말을 걸기도 했다. 위태한 존재들은 여름밤, 조명을 쫓아 날아오는 벌레와도 같아서 쉽게 타인의 시선 안으로 빨려 들어온다고, 자신의 몸 안에서 소라의 존재를 읽어가라고 말했다. 소라는 그날 밤, 조용히 집으로 돌아와 가방을 쌌다. 그리고 홍콩을 경유해 한국으로 왔다. 공항에 마중을 나온 사람은 없었다.

소라는 리무진 버스를 타고 신촌에 와서 혼자 술을 마셨다. 맥주를 몇 잔 마신 소라는 효창공원으로 갔다. 공원 앞 기사 식당에서 돈가스를 시켜먹은 소라는 10여 미터 떨어진 효창운동장 입구에서 담배 한 갑을 다 피웠다.

밤이 가고 깡마른 아침이 되자 소라는 다시 가방을 질질 끌고 공항으로 갔다. 그리고 프랑스행 티켓을 끊고 비행기에 앉았다. 그곳이 고향 같았다. 한국도 프랑스도 아닌 기내 의자가 자신의 집에 있는 의자처럼 느껴졌고, 기내 텔레비전이 더할 수 없이 편했다.

현관문을 여는데, 고등어 깡통을 딴 것처럼 집 안에 비린내가 진동했다. 방문을 열어보니 말렝이 이불을 뒤집어쓴 채 죽어 있었다.

"여기 사람이 죽었어요."

대머리 경찰과 젊은 경찰이 열어놓은 문을 지나 안방까지 걸어 들어왔고, 프랑스 인의 주검 옆에 서 있는 한국인 부인을 보며 고개를 갸우뚱거렸다. 그래서 소라가 뭐가 잘못 되었냐고 물었다. 시체 옆에서 아무렇지도 않은 표정으로 르몽드 지를 뒤적거리는 아시아계 여자. 프랑스 경찰은 소라를 조사해야 한다며 경찰서로 데리고 갔다. 경찰은 소라의 알리바이를 조사했다. 소라의 알리바이는 완벽했다. 가방에서 한국행 비행기 티켓을 꺼내 책상 위에 올려놓았다. 말렝의 머리로 총알이 지나갈 즈음 인천공항에 내렸으니 아무도 소라를 의심할 수 없었다.

"한국에는 왜 갔죠?"

머리숱이 얼마 없는 경찰이 물었다.

"그곳에는 큰 운동장이 있어요. 매년 이맘때면 '전국고교야구대회'를 하거든요. 제가 20년 이상 봐왔던 게임이기에 안 갈

수 없었어요."

"초청장을 보여줄 수 있나요?"

"프랑스에서는 고등학교 야구 대회에 초청장을 발급하나요?"

대머리 경찰과 젊은 경찰이 귓속말을 주고받았다. 조금 난처한 표정이 역력했다.

"그 경기에서 누가 이겼죠?"

"휘문 고등학교가 8대2로 이겼습니다."

"휘문 고등학교?"

"흰 바지에 한 개의 검은 줄이 있는 팀이지요. 아, 검정 스타킹을 신어요."

경찰은 소라를 집 앞까지 데려다줬다. 소라는 경찰을 집 안으로 불러 말렝이 먹던 하얀 약병을 보여줬다. 그러면서 한 존재의 소멸이 얼마나 안타까운 것인가를 경찰 앞에 눈물로 보여줬다.

"안 된 일입니다."

소라는 여기에서 그치지 않았다. 말렝의 우울을 단적으로 적시하고 있던 걸 보여줬다. 움푹하게 꺼진 소파였다.

"10시간을 저 소파에 앉아 남편을 쳐다본다는 거, 당신들은 상상이나 할 수 있나요? 아무도 없었어요. 내가 저 소파에 앉아 있다는 사실을 아는 사람도 그것을 말리는 사람도 아무도 없었어요. 무슨 짓을 할지 모르는 말렝을 위해 소파에 앉아 있다고 해서 자활 센터에서 에이비시 초콜릿을 사다주지도 않았다고요."

소라는 경찰들에게 소파에 앉아 얼마나 많은 시간을 고뇌에 차서 보냈는지 한번 앉아보라고 권하기도 했다. 경찰들은 그 소파에 앉아 커피를 마셨다. 일어서면서 소라의 작은 엉덩이를 흘끔 쳐다보기도 했다.

그렇게 말렝의 죽음은 끝이 났다. 이제 프랑스에서 살 이유가 없었다.

소라는 옆집에 이사 온 지난번 그 남자에게 집을 잘 관리해달라며, 언젠가 다시 돌아올 수 있을 거라는 말을 남기고 공항으로 갔다. 공항 대합실에서 우유를 한 잔 마시면서 생각하니 집 키를 두 개씩이나 옆집 남자에게 맡겼다는 사실을 알았다.

돼지가
사라졌다

그는 사흘간 휴가를 받았다. 1년 만에 받은 첫 휴가였다. 돈사(豚舍) 뒤에 시멘트로 대충 지어진 기숙사에서 그는 책을 보고 있었다. 아침부터 비가 와서 빗물이 창틀에서 거품을 내며 방으로 튀어 들었다. 시계를 보니 오전 6시 15분. 그때, 전화가 왔다. 그 전화만 받지 않았어도 오전 9시가 되었건 오후 5시가 되었건 휴가였을 것이다. 하지만 전화를 받은 그는 읽던 책을 소리 나게 덮고는 돼지우리로 달려갔다. 돈사에 문을 열자 모여 있던 사람들이 일제히 그를 쳐다봤다.

"막심이 사라졌어!"

놀란 그가 돈사에 발을 들여놓기도 전에 농장주가 나가서 찾아보라며 팔을 내저었다. 그는 허둥지둥 왼쪽으로 뛰었다. 그쪽에는 열 개의 돈사들과 돼지 똥오줌이 모여 있는 돈분장, 운동장, 육성사 출하장, 사료 창고, 약품 창고, 분만실, 사료 하역장이 있었다. 어디에도 막심은 보이지 않았다. 인부들이 우산을 들고 바삐 농장 밖으로 빠져나갔다. 다섯 명씩 짝을 지어 두 갈래의 길을 훑고 나머지는 밭과 산으로 흩어졌다.

어둠이 내릴 즈음, 하나둘씩 어깨를 늘어뜨린 채 인부들이 돌아왔다. 그제야 막심이 사라졌다는 걸 모두 실감했다. 가장 크게 놀란 사람은 김두식, 그였다. 농장주가 그에게 막심의 이름을 짓게 하고, 막심의 사양 관리사로 발령을 내렸던 것이었다. 그리고 독일제 냉장고에 고급 이온 정수기, 보일러, 냉난방 시설, 고급 스테인리스로 만든 식구와 공기 정화기, 가습기, 관절 운동을 할 수 있는 워킹 시설까지, 그 모든 기구에 '책임자 김두식' 그의 이름을 붙여놓았다. 놀라기는 농장주도 마찬가지였다. 농장주에게 막심은 전부나 다름없었다.

"그놈이 어떤 돼지인데!"

막심이 처음 농장으로 오던 날, 사람들이 두 줄로 서서 박수를 쳤다. 돈사에 들어설 때는 지역 국회의원, 군수, 시의원, 군내 축협 관계자, 농협 관계자, 사료 회사 상무가 돈사 앞에서 커팅식을 가졌다. 그도 그럴 것이 종돈인 막심은 영국 식육가축위원회에서 종돈 중에 최고의 종돈으로 뽑힌 수퇘지였던 것이다. 잉글랜드 북부 7부 리그 유나이티드 오브 맨체스터에서 가장 몸값이 비싼 제롬 선수보다 이 수퇘지가 더 비싸다는 신문 기사가 실릴 정도였다. 이런 막심을 데려오기 위해 농장주는 축

협에서 10억이나 대출을 받았고, 비행기 삿과 검역, 돈사 시설
비에만 1억 원, 수퇘지의 새끼를 얻기 위해 암퇘지 1만두를 사
는 데만도 6억이나 들었다. 이런 수퇘지 막심이 홀연히 사라진
것이다.

　저녁 식사도 거른 채 인부들은 농장을 훑고 다녔다. 암퇘지
들 틈에 섞여 있을 수도 있다며 1만 두나 되는 암퇘지들의 비표
를 일일이 검사했다. 하얀 암퇘지 사이에서 시꺼먼 막심은 보이
지 않았다. 사료를 넣어두는 사일로마다 쇠갈고리를 넣어 헤집
어보기도 했고, 가마솥과 아궁이, 하수관과 정화조를 다 뒤져
도 막심은 보이지 않았다.

　오후 9시, 농장주가 그를 불렀다. 그는 소파에 앉고 소파 맞
은편에 농장주와 분만실 박 씨가 서 있었다. 농장주는 뒤늦게
그의 이력서와 자기 소개서를 보고 있었다. 이력서의 어느 대목
을 손가락으로 툭툭 때리기도 했고, 자기 소개서 중 어느 대목
에서는 한숨을 길게 내쉬기도 했다. 농장에 온 지 1년밖에 안
된 그에게 막심을 맡긴 게 실수였다는, 후회가 목에서부터 얼굴
까지 붉게 번지고 있었다. 얼마간 침묵이 흘렀다. 농장주가 고
통스런 표정으로 처음 내뱉은 말은 막심은 어디에 있는가, 하는
것이었다. 그는 고개를 떨어뜨렸다. 1년 만에 얻은 휴가 기간이
라고 말하고 싶었지만 이런 상황에서 이 말이 도움이 되지 못한
다는 것을 잘 알고 있었다. 막심이 어딜 간다 해도 그리 멀리는
못 갔을 거라는 말 역시 농장주에게 위로가 되지는 않을 것이었

다. 그는 한숨을 내쉬며 모퉁이에 켜놓은 텔레비전에 잠시 시선을 옮겼다. 자신의 시선을 피한다고 생각한 농장주는 입술을 비틀며 넌 끝이라고 말했다. 농장주의 말에 그는 자신이 살아왔던 많은 일들의 끝을 떠올렸다. 다섯 살 때 동네 정미소에서 본 기계장치들, 커다란 바퀴와 바퀴 사이를 분주하게 돌아가던 태엽이 짝짝 박수를 치며 위로 상승하다가 하얀 쌀을 소쿠리로 쏟아내면서·일으키는 허연 먼지들. 그것들이 함석지붕 사이로 승천하던 기억. 그 기억의 끝은 정미소가 헐리면서 깨끗이 끝났다. 고등학교 때 했던 첫 연애는 권투 경기 심판이었던 그녀의 아버지에게 흠씬 두들겨 맞으며 끝났고, 영화관을 가로질러 날아가던 빛에 빠져 살던 보림극장 역시 영화관에 불이 나면서 끝났다. 대학에 와서는 도서관에서 공무원 공부를 하다가 재차 낙방을 하고는 군대엘 갔고, 제대 한 달을 남겨두고 부모님이 교통사고로 돌아가시는 바람에 바로 제대했다. 끝, 그 끝에 담배포는 숨어 있기 좋은 공간이었고, 거기서 부모님을 치고 달아난 범인을 기다리고 있었다.

"그러고 있지 말고 무슨 말이든 해봐!"

얼굴이 시뻘겋게 달아오른 농장주가 입을 열었다. 그는 무슨 말이든 해야 했다. 그래서 최근에 본 막심에 대해 이야기했다. 막심은 자주 방을 서성거렸고, 느릿느릿 운동장을 걸으며 산책을 즐겼다. 처음에는 천천히 걷다가 두 바퀴째부터 속도를 붙여 달리기도 했다. 간혹 주둥이에 풀을 물고 있었다. 돼지는 원래

풀과 흙을 입에 넣기도 해서 그냥 넘어갔다. 아침이면 교미를 했고, 발정제를 주사했고, 종부사 류 씨가 흘러나오는 막심의 정액을 모돈 자궁에 밀어 넣었다. 이런 일은 요 며칠 쭉 있었던 터라 큰 문제가 아니었다. 평소와 다를 바 없는 행동이었다는 게 그의 설명이었다.

이야기를 들은 농장주가 냉장고에서 술을 꺼내왔다. 농장주는 혼잣말을 하듯 막심을 찾지 못한다면 배상을 하라고 했다. 하는 수 없이 그는 자신의 무고를 역설했다. 1년 만에 얻은 첫 휴가였고, 막심이 돈사에서 실종된 것은 자신의 휴가 기간에 일어난 일이라고 분명히 말했다. 도덕적 책임은 지겠지만 보상을 할 정도의 책임은 없다고 덧붙였다.

"자네가 지금 도덕적 책임을 이야기할 처지인가?"

"네발 달린 짐승이 사라졌는데 제가 왜 책임을 지나요? 제가 훔쳐가기라도 했나요?"

"아침이 아니라 어제저녁에 사라졌다면 어쩔 텐가? 어제저녁에 없어졌는지 오늘 아침에 없어졌는지 아무도 모르잖아? 아침에 사라졌다는 증거가 어디 있어?"

농장주의 말이 끝나자마자 옆에 서 있던 분만실 박 씨가 달려들어 발로 그의 배를 찍었다. 그는 소파에서 바닥으로 짐짝처럼 나뒹굴었다. 그 뒤에도 박 씨의 발이 서너 번 더 날아왔다. 그래도 그는 피하지 않았다. 그것이 농장주의 기분을 더 상하게 했다.

"믿는 도끼가 발등을 찍어도 유분수지……"

김해에서 농장이 있는 주촌으로 들어오는 길목에 그의 공터가 보란 듯이 널브러져 있었다. 대충 봐도 1만 평은 돼 보이는 땅 주변으로 국도와 지방도가 지나갔고, 땅 끝에 국도와 지방도가 만나는 도로가 나 있었다. 모양으로 보자면 공터는 삼각자 모양이었고, 뾰족하게 툭 튀어나온 삼거리 귀퉁이에 담배포가 서 있었다. 농장주는 항상 그 공터와 담배포가 눈에 밟혔다. 한밤중에 달리던 차가 담배포를 쳐 담배포에 있던 부부가 죽었고, 그 뒤 무너진 담배포만 공터에 덩그러니 놓여 있었다. 그러던 어느 날 젊은 사람이 담배포를 고쳐 세우더니 그곳에서 담배를 팔았다. 담배포에서 담배를 팔던 그는 나이에 비해 하얀 손등을 가지고 있었다. 살짝살짝 보이던 얼굴에는 늘 웃음이 찍혀 있었고, 그것이 농장주에게는 묘한 기분을 자아내게 했다. 한 번은 그에게, "날 아세요?" 하고 물어본 적도 있었다. 그는 농장주를 흘끔 올려다볼 뿐, 대답을 하지 않았다. 그때부터 농장주는 그의 속내가 궁금했다. 어린 나이에 1만 평이나 되는 땅까지 놀리면서 사는 그를 어떻게 이해할지 농장주로서는 셈이 되질 않았다. 언젠가 슬쩍 부동산 중개소에 가서 시세를 물어보기도 했다. 돼지농장 땅보다 10배는 더 비쌌다. 사실 처음부터 그에게 비싼 돼지를 맡긴 데에는 그의 공터가 담보물로 계산에 들어 있었다. 하지만 수퇘지를 맡기고, 맡긴 수퇘지가 농장에 도착해도 그는 별 관심을 보이지 않았다. 보통 인부들은 직책을 주고 슬레이트 판에 삼겹살 서너 근 구워 같이 먹는 정도로도 개처럼 발등까지 핥았다. 그런데 그는 들판에 염소 키우듯, 책을 읽다 가 곁눈으로 슬쩍 돼지를 보는 정도였다. 그 수퇘지 가격이 얼 마나 하는지 손바닥에 써주고 싶은 심정이었다. 냉담하던 그의 태도가 달라지기 시작한 것은 막심이 본격적으로 교미에 들어 서면서부터였다. 여독에 잠만 자던 막심이 사흘 후 처음으로 암 퇘지와 교미에 들어갔다. 멀리서 암퇘지를 보자 주둥이를 흔들 며 달려들어 곧장 등에 올라탔다. 암퇘지가 휘청거리며 앞으로 도망가려 하자 막심은 앞발로 암퇘지의 골반을 끌어안고 힘차 게 성기를 밀어 넣었다. 한번 들어간 막심의 성기는 나사못처럼 암퇘지의 자궁에서 좀체 빠지지 않았다. 이 장면에서 그의 입꼬 리가 살짝 올라갔다. 집채만 한 덩치 안에 숨겨져 있던 수퇘지의 성기를 보고 자신의 몸 안에 도사리고 있는 어떤 계획을 본 것이 었다. 뺑소니 트럭을 잡기 위해, 『나선형의 법칙』이라는 소설책 여백에 담배포 앞을 내달리는 차의 넘버를 기록하고, 1일 통행 량을 기록하고, 그들의 속도를 기록하고, 간혹 찾아와 담배포에 얼굴을 보이는 사람들을 기록하고, 자신을 알아보는 사람들을 기록하고, 최근 새로 차를 구입한 사람들을 빼곡히 기록하는 그 로서는 막심의 역동적인 모습이 흡족할 수밖에 없었다.

막심의 힘찬 출발을 축하하는 전화가 쏟아졌다. 근처 농업 대학에서 강의를 하고 있는 교수가 화환을 보내왔다. 외국에서 꽃나무를 수입해서 한국에서 착근시키는 일도 힘든데, 덩치 큰 돼지를 새끼 낳게 하다니! 농장주는 얼른 지방 신문에 광고를 냈다. 영국에서 온 돼지가 마침내 경상남도 김해시 주촌면에서 씨돼지를 생산하게 되었다고.

　종부사 밖에서 보는 풍경은 그러했지만 정작 막심과 그는 기계 부품을 조립하듯 바쁘게 움직였다. 잠시라도 쉬면 대기실에 모돈들이 넘쳐났다. 이건 밥솥을 만들거나 세탁기를 만드는 공장과는 달랐다. 돼지들은 생명이 있었다. 사람이 쉬고 싶다고 쉴 수도 없었고, 모돈의 발정 주기가 때를 가려 오는 게 아니었다. 낮과 밤도 없었고, 주말이라고 쉴 수도 없었다. 컨베이어벨트에 암돼지들이 실려오고, 막심이 교미를 하면 육성사로 보내져 임신 사실을 확인한 후, 114일이 지나면 분만실로 가서 양수가 터지면 새끼를 낳았다. 모돈들은 분만 이력이 입력된 비표를 귀에 달고 컴퓨터 검열대 앞을 걸어 다녀야 했다. 이 거대한 벨트의 끝은 막심이었고, 최초로 이 기계 장치에 버튼을 누르는 사람은 농장주였다. 그와 농장주가 처음으로 부딪힌 건 이 거대한 컨베이어벨트의 속도 때문이었다. 그는 농장주에게 속도를 늦춰줄 것을 요구했다. 막심의 건강도 문제였지만 한 마리의 모돈이 열 마리의 새끼를 낳으면 10마리의 모돈이 낳는 새끼가 100마리나 되는데 이 많은 돼지들을 어떻게 다 돌보냐고 따졌다. 이러한 속도로 계속 달린다면 사람이 됐건 돼지가 됐건 사고가 날 게 자명하다고 소리쳤다. 자동차가 과속을 하다가, 길가에 서 있는 사람을 치기라도 하면, 아무 죄도 없이 비명횡사

한 사람의 유가족들은 얼마나 큰 상처를 받겠냐고 덧붙였다. 농장주의 얼굴이 굳어졌다. 객지에서 부모가 담배를 팔아 준 돈으로 대학을 다니다가 군대 제대를 하고 담배를 팔던 어린 친구였다. 이런 친구의 말을 귀담아 들을 그가 아니었다. 농장주는 희미하게 웃었다. 그리고 손을 펴 그에게 보였다. 그의 손에는 아무것도 들어 있지 않았다. 스위치는 자신이 가지고 있는 게 아니며 자연의 법칙을 어찌하겠느냐고 되물었다. 그는 당신의 법칙이자 자본의 법칙을 왜 자연이라고 둘러대냐고 말했다. 농장주는 빠르게 작동할 수밖에 없는 것이 기계의 법칙이자 자동차의 법칙이고, 이것이 곧 자본의 법칙이면서 곧 자연의 법칙이라고 말했다. 그러면서 이런 것도 구별 못하니 세상살이에 서툰 것이 아니냐고 말했다. 담배포에서 담배만 팔다 보니 셈하는 법이 담배 한 보루를 넘어서지 못 한다고, 신문을 보지 않으니 세상사 이전투구도 접고 접으면 손바닥만 해지는 법을 모른다고, 사람을 만나 흥정하는 법을 모르니 인간관계를 몰라도 너무 모른다고도 잔소리를 늘어놓았다. 화가 잔뜩 난 그가 벌떡 일어나 무슨 말을 하려 했지만 농장주는 귀찮다는 듯 손을 흔들며 나가보라고 했다. 그로부터 보름 뒤, 막심이 휘청거리기 시작했다. 막심의 2세를 얻고 싶은 수요자들에 비해 공급이 미처 따라가지 못하자 농장주는 열다섯 마리의 모돈을 대기실로 불렀고, 막심은 아침저녁 1회씩 하루에 서른 번씩 관계를 가졌다. 몸집이 산만 한 막심이지만 하루 서른 번은 무리였다. 그날도 막심은

열다섯 마리의 암퇘지들과 서른 번의 관계를 가졌다. 막심의 정
액은 암퇘지의 성기로 들어갔다가 썩은 무처럼 밖으로 철철 흘
러나왔다. 교미에 실패한 막심은 난폭했다. 돈사로 들어온 막심
은 주둥이로 벽을 떠밀며 식식거렸다. 밤늦게 분만실에서 일하
던 사람들에 따르면 막심이 사자처럼 포효하기도 하고, 쓰러져
끙끙 앓기도 하더라고 했다. 그러던 어느 날, 종부사 류 씨가
막심에게 공격을 당했다. 막심이 과일을 던져주던 류 씨의 바지
를 물고 흔드는 바람에 류 씨가 냉장고에 부딪혀 갈비뼈가 부러
진 것이다. 농장주가 그를 불렀다. 그를 20센티미터 앞에 세워
놓고, 넌 어디에 있었냐고 물었다. 컨베이어벨트 어쩌고 하면서
다그치던 지난번과 입장이 바뀌었다. 농장주는 그의 귀에 대고
네가 책임질래? 하고 속삭였다. 그 말의 속 깊은 의미는 농장주
만이 알 수 있었다. 잠시 딴 곳을 보고 있던 그에게 농장주는
두번째 일격을 가했다. 때 묻은 그의 운동화를 밟고 서서 제발
이지 책에서 손을 떼라고 말했다. 그 책에 뭐가 쓰여 있는지는
모르지만 자신에게는 크나큰 불편을 준다고, 정신이 온통 책에
있는 사람이 소중한 생명을 키울 수 있겠냐고 따졌다. 책을 들
고 다니는 건 농장주가 사람을 앞혀놓고 술을 마시면서 이야기
하듯 오래전부터 자신에게 들붙은 습관이라고 그가 말했다. 지
척에서 두 사람은 시선을 교환했다. 먼저 눈을 껌뻑인 건 농장
주였다. "박 씨!" 문 밖에 있던 박 씨가 들어왔다. 고개를 숙인
채 들어오던 박 씨가 그의 면전에서 천천히 고개를 들었다. 입

을 벌리더니 혀 위로 침을 모아 단번에 그의 얼굴로 뱉었다. 왼쪽 뺨에 묻었던 침이 목덜미를 흘러내렸다. 참는 건 이골이 난 그였다. "눈에 거슬린다면 일을 할 때는 책을 들고 다니지 않겠습니다." 그가 말했다. 기세를 몰아 농장주는 그에게 몇 가지 지시를 내렸다. 첫번째, 분만실에서 태반을 가지고 와서 막심에게 먹일 것! 두번째, 아침저녁 2회에 걸쳐 발정제를 주사할 것! 그러면서 그에게 막심을 위해 더 좋은 방법이 없냐고 물었다. 농장주의 말에 그는 눈만 깜빡였다. 잠시 딴 생각을 하고 있었던 모양이었다. 그의 이런 행동이 늘 나쁘다고 보지는 않았다. 기자들이나 시청에서 나온 사람들이 그가 대화를 할 때면 그런 약간의 뜸들임이 그들에게 인간의 격조를 느끼게 했다. 그래서 그가 나가고 나면 사람들이 농장주에게 사람 하나는 잘 뽑는다고 칭찬했다. 하지만 전기가 끊기듯 잠깐씩 생기는 공백이 농장주는 늘 궁금했다. 그의 머릿속으로 들어가볼 수만 있다면 돈을 써서라도 들어가고 싶었다. 아무튼 잠깐의 공백 뒤에 그는 이 방법이 어떠신지요, 하며 방법 하나를 제시했다. 그 방법은 막심의 방에 거울을 설치하는 것이었다. 그 이유로 영국에서부터 온 막심에게 친구가 필요하다고 말했다. 동물도 외로움이 있을 수 있으니 거울 속에 비친 자신과 닮은 돼지가 있으면 좀더 기운이 나지 않겠냐고 말했다. 돼지가 거울을 본다는 말은 들은 적이 없던 농장주는 웃어넘겼다. 그리고 나약하고 식물적인 생각이라고 그에게 말했다. 그런데 농장주는 일주일도 못가 그의 말대로 하자고 했다. 곰곰이 생각해보니 손해볼 게 없었다. 마침내 막심의 방에 대형 거울이 설치되었다. 수퇘지 중 한 마리가 자신을 쳐다본다고 생각할 수 있었다. 막심은 자기 방에서 어슬렁거리는 돼지를 보고는 작은 눈을 반짝거렸다. 식욕을 보였다. 분만실에서 가져온 태반을 먹기도 했고, 하루에 두 번씩 맞는 발정제 주사도 싫지 않은 모양이었다. 거울 앞에서 주둥이를 흔들기도 했고, 암퇘지와 관계를 맺기 위해 방을 나서면서 거울을 흘깃 쳐다보기도 했다. 오랜만에 돈사에 활기가 돌았다. 그즈음 막심이 농장에 와서 교배한 첫 모돈이 새끼를 낳았다. 114일이 지난 것이었다. 이래저래 농장은 성장해가는 것처럼 보였다. 새끼를 사기 위해 트럭들이 줄 지어 농장으로 들어왔다. 막심의 새끼들은 다른 씨돼지보다 다섯 배는 높은 가격에 팔렸다. 모돈과 새끼 돼지를 합하면 거의 30만 마리가 되어갔다. 법정 두수를 초과했지만 농장주는 발 빠르게 공무원들을 만났고, 그 후 문제될 것은 없었다. 막심을 관리하는 인원도 늘어났다. 농장주는 그를 종부사 팀장으로 승진시켰다. 그 아래에 수의사 한 명, 약사 한 명, 종부기술자 다섯 명, 돈사 관리사 두 명, 도합 아홉 명의 팀원들이 막심 하나를 위해 밤낮없이 일했다.

다음 날 아침, 종부사 앞으로 인부들이 모여들었다. 막심을 찾으러 모두 떠난 뒤, 그와 농장주만 남았다. 그는 막심의 우리로 갔다. 막심은 사라졌지만 에어컨은 돌아가고 있었다. 냉장고에 넣어둔 토마토와 오이도 그대로 있었다. 성장촉진제며, 비타민이며, 호르몬제도 그대로 있었다. 앞발로 툭 건들면 열리는 이중경첩의 문도 딸그락 소리를 내며 열렸다.

"오늘까지 돼지를 찾지 못하면 넌 내 손에 죽을 줄 알아."

"협박을 하시는 겁니까?"

그가 농장주를 빤히 쳐다봤다.

"협박? 협박이 아니라 명령이다. 잠 한숨 못자고 생각을 하고 또 해봐도 네가 범인이야. 잔머리 굴리지 말고 당장 제자리에 갖다놔!"

사무실에서 나온 그는 자전거를 타고 농장을 돌아봤다. 여기저기서 우산을 든 인부들이 막심을 찾고 있었다. 작대기로 후미진 곳을 찌르기도 했고, 사닥다리를 이용해서 물탱크까지 샅샅이 뒤지기도 했다. 그는 운동장을 돌았다. 이틀 전만 해도 막심과 같이 달리던 곳이었다. 운동장 여기저기에 막심의 발자국이 찍혀 있었다. 그 발자국은 운동장을 동그랗게 돌더니 돈분장으로 향했다. 그는 돈분장까지 발자국을 쫓았다. 돈분장 둔덕 위로 막심의 발자국이 사방으로 흩어져 있었고, 굵게 패인 신발자국도 여럿 보였다. 그는 고개를 흔들었다. 설령 돈분장으로 빠졌다손 치더라도 가까이에 육성사가 있어 인부들이 못 볼 리 없었다. 도대체 막심은 어디로 간 것일까. 주변을 살피던 그의 눈에 돈분장에 묶인 파란색 배가 들어왔다. 며칠 전까지만 해도 끈이 풀려 돈분장 여기저기로 떠돌아다니던 배였다. 그는 사람 하나 겨우 탈 수 있는 배에 올라탔다. 간혹 돈분장을 청소하기

위해 육성사 쪽 인부들이 배를 타고 분뇨를 퍼 올리던 걸 보기
는 했지만 직접 배를 타보기는 이번이 처음이었다. 작대기를 밀
자 배가 돈분장 안으로 밀려들어갔다. 밖에서 보는 것과 달리
넓은 곳이었다. 지푸라기에서부터 죽은 짐승들의 사체들과 바
람에 날려 왔을 비닐들과 플라스틱 병들이 밀려다녔다. 반쯤 갔
을까. 아래로 하얀 게 눈에 띄었다. 자세히 보니 KIA MOTORS
라는 글씨가 보였다. 트럭이 돈분장에 버려져 있었던 것이다.
　"이게 뭐지?"
　몸을 숙여 돈분장을 살펴려할 때, 박 씨가 나타나서 그를 불
렀다.
　"일로 와봐!"
　그가 작대기로 배를 밀어 돈분장 밖으로 나가자 박 씨가 그를
데리고 창고로 갔다. 막심을 찾기 위해 떠났던 인부들이 창고
앞에 다 모여 있었다.
　"거기서 뭐했어?"
　"그냥……"
　박 씨는 인부들 앞에서 웃으며 발로 그의 정강이를 툭툭 찼다.
　"거기에 돼지가 빠져 죽었을까 봐?"
　"아, 그런 건 아니지만, 그래도 한번 훑어보기는 해야죠."
　"그래, 찾았어?"
　"아뇨."
　박 씨의 좌우명은 '운전할 때 차선 변경을 하지 않는다'로, 농

장주를 신처럼 떠받드는 사람이었다. 이런 박 씨를 농장주가 야단을 치는 일이 있는데 그것은 박 씨가 적어놓은 돼지 새끼들 머릿수 때문이었다. 박 씨의 사전에는 돼지 새끼는 항상 열 마리였다. 그래서 헤아려보지도 않고 적었다. 만약 아홉 마리의 새끼가 태어나면 다른 모돈의 새끼 중 한 마리를 가져다 열 마리를 채웠다. 열한 마리의 새끼가 태어났을 경우, 나머지 한 마리를 박 씨가 어떻게 하는가는 아무도 몰랐다.

"막심, 막심 하더니 꼴좋다, 이제 담배나 팔아! 아, 담배도 못 팔것네. 수퇘지 값이 얼만지 알지? 돼지랑 담배포랑 바꾸면 뭐 남겠어?"

박 씨의 말에 인부들이 웃었다. 그가 인부들에게 조롱거리가 된 것은 막심이 거울을 깨면서부터였다. 막심이 거울을 깨던 날, 농장주는 팀장들과 회의를 했다. 참석자들은 막심과 닮은 돼지가 한 방에 있다는 게 썩 마뜩찮았다는 결론을 내렸다. 거울 속의 수퇘지가 경쟁자로 인식될 수 있다는 것이었다. 이에 반해 그는 다른 의견을 내놓았다. 거울 속의 수퇘지는 막심의 친구가 아니라 막심의 감시자였다는 것이었다. 그의 말에 모두들 수긍하는 눈치였다. "그러면 이제 어쩌지?" 농장주의 말에 모두 입을 닫았다. 돈사에 거울을 넣는다는 발상 자체가 희극인데 좋은 대안이 있을 리 없었다. 류 씨가 말문을 열었다. 막심을 가까이에서 본 류 씨는 막심이 상당히 외로워했다고 말했다. 하루에 서른 번씩 교미를 해야 하는 막심에게 진정 필요한 것은 휴식과 친구라고 말했다. 이 대목에서 그도 고개를 끄덕였다. 하지만 농장주는 휴식을 인정하지 않았다. 대신 친구는 만들어 줄 필요가 있다고 말했다. "친구라……" 막심에게 친구를 만 들어주려면 또 큰돈을 들여서 영국에서 데리고 와야 했다. 그래 서 이 이야기는 진척되지 않았다. 대신 막심의 친구를 대신할 대역에 초점이 맞춰졌다. 그때, 박 씨가 우스갯소리로 누군가 막심과 같이 자는 건 어떤지, 농장주에게 제안했다. 그냥 웃고 넘어갈 농담이었다. 하지만 결과는 정반대였다. 농장주는 무릎 을 쳤다. 교배를 잘하기 위해서는 어차피 인부들의 힘이 필요하 고, 인부들은 막심과 친해져야 하니 이참에 막심 곁에 누가 같 이 잠을 잔다면 난폭하게 변해가는 막심에게 든든한 친구가 될 거라고 말했다. "자네가 수고를 해줘야겠어." 다음 날, 그는 막 심의 친구가 되었고, 막심과 같이 돼지우리에서 잠을 잤다. 인 부들은 이를 못마땅하게 생각했다. 아무리 종부사 팀장이라고 하지만 사람이 돼지랑 같이 자는 것은 말이 안 된다고 생각했 다. 막심에 대한 책임이 있기로서니 돼지와 사람이 한방에서 잠 을 자면 자신들에게는 더 큰 일들이 내려올 게 뻔하다고 말했 다. 또 어떤 인부는 이게 농장주가 그에게 덧씌우는 마지막 올 가미라고 했다. 어쨌든 인부들은 그를 정신이 온전치 못한 사람 으로 봤고, 슬슬 그를 피하기까지 했다.

저녁이 되자 인부들이 창고로 모였다. 바닥에 침을 뱉기도 하고, 잡지를 펴보며 깔깔대는 인부들도 있었다. 문을 열고 농장주가 나타났다. 농장주의 등장으로 인부들은 고개를 숙인 채서 있었다. 농장주는 사열하듯 인부들의 얼굴 하나하나 쳐다보며 지나갔다. 그 뒤를 박 씨가 따라다녔다. 손잡이가 긴 망치로 신발 밑창을 툭툭 때리며 걸었다. 그 소리가 창고를 음산하게 만들었다. 농장주가 그의 앞에 섰을 때, 박 씨가 허리를 굽혀 그의 무릎을 망치로 톡톡 때렸다. 그래도 그는 가만히 있었다. 서 있던 인부들이 킥킥 웃었다. 농장주도 씩 웃으며 그의 어깨에 팔을 걸었다.

"여기서 끝을 내자고……, 이건 시간 낭비야. 다들 네가 범인이라고 하는데 너만 아니라고 하니, 참 미치고 팔짝 뛰겠네. 좋은 말할 때 자수를 하면 감방 신세는 면하게 해줄게. 어때?"

"전 돼지를 훔쳐가지 않았습니다."

"이거 참, 뭐라고 드릴 말씀이 없네. 박 씨, 이 친구 말하는 거 들었지? 우리가 왜 여기까지 모시고 왔는지, 천천히, 자네가 설명을 해줘."

"네. 확실하게 끝을 내놓겠습니다."

농장주가 박 씨의 어깨를 두어 번 두드렸다.

"아 참, 이 말을 빼먹었군. 자자, 들어봐! 지금 이 창고 안에 돼지를 들고 튄 놈이 틀림없이 있어! 날 밝기 전까지 그놈을 찾지 못하면 여기 있는 사람들 모두 콩밥 먹을 준비나 해둬!"

이 말을 남기고 농장주는 밖으로 나가서 창고 문을 잠가버렸다.

인부들 대부분은 지명수배를 받던 사람들이었다. 경찰서에 가면 신원 조회를 할 것이고, 그렇게 되면 수퇘지와 상관없이 콩밥을 먹을 것이었다. 하지만 농장주가 나가자 인부들은 여기 저기로 널브러져 잡담을 했다. 박 씨도 문틈으로 농장주를 살피다가 돌아서서 소리 나게 웃었다.

"머리 굴리는 법으로 따지면 우리가 두 수 위지. 못 배워 처먹은 걸로 따지면 우릴 당해낼 사람들이 있나, 안 그래?"

오토바이 퀵 배달을 하다가 어린아이를 치고 도망다니는 분만실 김 씨가 소리쳤다.

"누굴 바보로 아나. 김두식이 후벼 까면 지는 좋겠지. 그럼 우린 뭐야? 우린 만날 돼지 똥구멍이나 보고 살라고? 된장 막장 고추장에 돼질 넘! 에라이, 호로 말방구 같은 놈! 서로서로 협동해서 먹구 살아도 될까 말까 한 판국에 지 살 궁리만 하는, 돼지만도 못한 새끼!"

육성사 고 씨였다. 그는 부산 7부두에서 여객선 세탁물을 받아 세탁을 하다가 선장의 호주머니에서 나온 돈을 훔쳐 달아나서 수배를 받고 있었다.

"어이, 김두식! 농장주 말 들었지? 네가 훔쳤다고 하잖아. 너 훔쳤어?"

박 씨였다.

"……"

"저게 말도 안 할라고 하네. 우리가 돼지 좆으로 보이나? 어이, 김두식, 너 동성연애자지?"

"아닙니다."

"농장에서 돼지랑 관계를 맺는 걸 봤다는 사람이 있는데……그걸 뭐라고 하나, 수간? 그래, 수간 말이야."

"그런 일 없었습니다."

"아니 땐 굴뚝에 연기가 나것나?"

인부들이 깔깔거렸다.

"아니라는데 왜 그러시죠?"

"지겹잖아, 재미난 이야기나 하면서 시간 죽여야지…… 너, 돼지하고 해봤지?"

박 씨의 말에 인부들이 좋아라 웃어댔다. 반면 그는 한숨을 쉬었다. 기침을 하고 숨을 크게 들이마셔도 봤지만 말이 나오지 않았다. 그는 문 옆으로 가서 앉았다. 이럴 줄 알았다면 경찰서에 가서 신변 보호라도 요청했어야 했는데, 살짝 후회가 되기도 했지만 어쩔 수 없었다. 막심의 관리사로 일하다가 막심이 사라졌는데 도망을 가거나 경찰서로 쫓아 들어가면 괜히 오해만 사는 꼴이 될 것이었다.

그는 눈을 감았다. 인부들이 뭐라고 떠들어대도 그는 막심의 행방을 뒤쫓고 있었다. 휴가를 가기 전, 그러니까 막심이 사라지기 전날 밤. 돈사에 막심과 누워 있다가 시선이 마주쳤다. 지독하게 맑은 눈이었다. 그 눈 안에 누에고치처럼 누워 있는 그가 보였다. 그는 초라했다. 마치 오래된 수퇘지 같았다. 그 어떤 기능도 할 수 없는 수퇘지가 문 너머에 바글거리는 암퇘지의 웅성거리는 소리를 듣는 듯했다. 뺑소니를 잡기 위해 돼지 농장에 왔다가 돼지라는, 거대한 새끼 낳는 기계의 부속품이 되어 벗어나지 못하고 있는 자신이 그럴 수 없이 초라했다. 되돌릴 수만 있다면 되돌리고 싶었다. 그래서일까. 그는 막심과 대화를 하기 시작했다. 살아가기 참 힘들지? 막심의 커다란 콧구멍에서 뜨거운 바람이 나왔다. 동작이 빠르거나 판단이 빠르거나, 이 둘 중에 하나는 있어야 살 수 있는 곳이야. 아, 물론 돼지 농장 밖에서도 별반 다르지 않지. 그는 막심의 방 천장에 매달린 카메라를 쳐다봤다. 그리고 막심의 성기를 만졌다.

"아, 카메라……"

그가 일어섰다.

"카메라에 찍혔을 거 아닙니까. 막심 방에는 카메라가 있잖아요."

여태 그 생각을 왜 못했는지. 그는 박 씨에게 가서 막심의 돈사에는 카메라가 달려 있다고 말했다. 두 손바닥을 펴 흔들며 말했지만 박 씨는 꿈쩍도 하지 않았다.

"왜 그런 걸 이제야 말해? 또 없어? 더 생각해봐!"

"야, 이 친구가 이야기하는 거 들었지? 믿고 한 번 가보자구!"

꿈쩍도 하지 않던 인부들이 마치 연극하듯 부스스 일어나서 모여들었다.

"그러게……, 우린 왜 몰랐지?"

"지겹다, 지겨워!"

인부 중 하나가 박 씨가 들고 있던 망치를 빼앗아 창고 문을 부셨다. 인부들은 좀비처럼 사무실로 향했다. 앞에서 뿜어대는 담배 연기가 제일 뒤에서 걸어가던 그의 얼굴로 날아왔다. 인부들은 약속이라도 하듯 문 앞에서 그를 기다렸다. 그가 문을 열고 들어가자 의자에 앉아 텔레비전을 보고 있던 농장주가 일어섰다.

"뭐야?"

"그러게요. 이 사람이 자꾸 CCTV를 보자네요…… 내가 안 된다고 몇 번이나 이야기를 해도, 김두식 이 친구 은근히 성질이 있더라구요. 사람아, 내가 안 된다고 몇 번이나 말했어!"

박 씨의 말에 인부들은 실실 웃으며 박 씨를 밀어냈다. 박 씨가 나뒹굴어지면서 어구구, 소리를 질렀다.

"이것들이……, 수퇘지는 사라진 게 아니라 누가 훔쳐갔다고 몇 번 이야기를 해야 알아들어! 범인은 이 안에 있다고 했잖아! 저놈 말이야, 저놈이 범인이야! 범인은 김두식이야!"

농장주가 박 씨를 향해 리모컨을 던졌다.

"누가 아니래요? 그래도 이 사람들이……"

박 씨는 쓰러져 몇 번 바닥을 뒹굴었다. 누군가 문을 열자 굴러 밖으로 튕겨져 나갔다. 농장주가 달려들어 박 씨를 향해 생수통을 던졌고, 그것이 벽에 부딪히면서 사무실은 아수라장이 되었다. 그는 영문도 모른 채 인부들에 이끌려 CCTV 화면이 저장되어 있는 컴퓨터 앞으로 갔다. 인부들이 농장주를 둘러쌌다. 그는 모니터를 켜고 막심이 사라지기 전에 데이터를 찾았다. 돈사에는 막심과 그가 누워 있었다. 그는 혼잣말을 하고 있었고, 그 말은 들리지 않았다. 고개를 들어 시계를 보던 그가 일어나 바지를 툴툴 털고 돈사를 빠져나가고 20분쯤 뒤, 농장주가 보였다. 막심 앞에서 담배를 물고 있던 농장주가 휴대폰으로 누군가에게 전화를 했고, 수분 뒤 박 씨가 나타났다. 농장주가 손을 흔들자 박 씨는 CCTV 앞으로 와서 길게 한숨을 내쉬었다. 그러자 농장주가 오른쪽 손바닥을 손등으로 툭 치며 뭐라고 말했다.

"담배포 땅의 절반을 떼어주겠다고 했어. 거기에 고추나 키우며 살면 되잖냐고…… 내가 돈분장에 트럭을 어떻게 할까 물어도 봤는데 농장주는 화부터 냈지……"

밖에 있던 박 씨가 울먹이며 말했다. 하지만 CCTV에 박 씨는 이를 드러내며 실실 웃었다. 그리고 10여 분 뒤, 막심을 데리고 돈사를 빠져나갔다. 빈 돈사를 한 바퀴 돌아본 농장주가 떨어져 있던 그의 책을 주워들었다. 책장을 넘기던 농장주의 얼굴이 싸늘하게 식었다.

"어이, 돼지를 어디로 빼돌린 거야?"

인부들 중 누군가 말했다.

“……”

농장주는 벌써 인부들에게 붙들려 있었다.

“우릴 협박하지 말았어야지. 우리가 그리 만만하지는 않거든. 아, 이 일에 우린 아무것도 몰라. 김두식이 저 친구가 시키는 대로 할 뿐이야.”

종부사 류 씨가 농장주의 혁대를 붙들고 밖으로 나갔다. 농장주는 입에 거품을 물고 계속 박 씨만 찾았다. 박 씨는 인부들 제일 뒤에 숨어 돈분장으로 걸어갔다. 일이 어찌 돌아가는지 알지 못하는 사람은 농장주와 김두식 두 사람뿐이었다.

돈분장에 인부들이 도착하자 일사천리로 일이 진행되었다. 류 씨가 돈분장 스위치를 올리자 사방에서 펌프 소리가 들렸다.

“니네, 다 죽었어! 이게 무슨 짓인지 알기나 해? 박 씨! 당장 그만두라고 해! 야, 이 돼지 같은 놈들, 그만두지 못해!”

농장주는 고래고래 소리를 질렀다.

하지만 그 소리가 마지막이었다. 누군가 삽으로 농장주를 내리쳤고, 그 뒤로 조용했다.

돈분장을 가득 메우고 있던 물이 천천히 빠지고 있었다. 새벽이 오는가 싶더니 아침 햇살이 돈분장을 비추기 시작했다. 악취가 올라오고, 검은 물때가 돈분장을 이리저리 떠다녔다. 인부들은 돈분장을 향해 오줌을 눴고, 담배를 피웠다. 1시간가량 지났을까. 돈분장 바닥이 드러나기 시작했다. 돈분장 한쪽에 허연 비닐 같은 게 떠 있는가 싶었는데 물이 빠지자 그것은 시꺼먼

물체의 뒷부분이었고, 류 씨가 호스로 물을 뿌리자 천천히 제 모습을 찾아갔다. 그것은 그가 찾던 뺑소니범의 트럭이었다.

"경찰이 찾던 그 트럭이네. 어째, 1년이 넘어도 물 뺄 생각을 안 하더니……"

"이제 저녁은 콩밥 억수로 먹겠네."

인부들이 한마디씩 했다.

"저건 뭐꼬?"

인부들 중 한 사람이 손가락으로 트럭 옆에 있는 거무죽죽한 물체를 가리켰다. 그것은 덩치가 큰 돼지였다. 그가 돈분장으로 들어가려 하자 종부사 류 씨가 말렸다. 그리고 장화를 신고는 자기가 들어갔다. 호스로 물을 뿌리며 돼지를 살피던 류 씨가 길게 한숨을 내쉬었다. 돼지는 두 다리가 묶여 있었고, 목에 돌을 매달고 있었다. 누가 봐도 그것은 사라진 막심이었다. 그것을 증명이라도 하듯, 류 씨가, "막심이야!" 하고 소리쳤다.

"염병할……"

인부들이 박 씨를 데리고 왔다.

"누가 죽였는지?"

"난 시킨 대로 했을 뿐이야. 농장주가 시키는데 너네 같으면 싫다고 하겠나?"

"듣고 보니 그러네."

"트럭 찾았다고 경찰에 신고해라! 아, 돼지는 뭐라고 해야 하지……"

류 씨가 당황한 듯 말을 잇지 못했다.

"경찰에 이야기하면 기자들이 알아서 하겠지."

박 씨가 끙끙대며 말을 흘렸다.

1주일 뒤, 그는 돼지 농장으로 갔다. 기숙사에서 짐을 챙겨 오기 위해서였다. 종부사에서는 아침부터 수퇘지와 암퇘지가 교미를 하기 위해 부산스레 움직였다. 분만실에서는 새끼 돼지들을 육성사로 보내기 위해 널빤지로 통로를 만들어 새끼 돼지들을 몰아가고 있었고, 견학을 하기 위해 관광버스 한 대가 농장으로 들어오고 있었다. 돼지 농장에 감도는 활기가 어쩐지 낯설었다. 장마가 끝나서 그런가, 생각하고 그는 종부사로 방향을 틀었다. 분만실 인부들이 리어카에 약품들을 싣고 가면서 그를 흘끔 쳐다봤다.

종부사에 들어서자 수퇘지 한 마리가 운동을 마치고 막 돈사로 들어오고 있었다. 순간 그는 막심! 하고 소리칠 뻔했다. 막심과 똑같이 생긴 수퇘지였다. 덩치와 길이, 꼬리에 하얀 별사탕 무늬, 엉덩이를 실룩거리며 팔(八)자 모양으로 걷는 모습, 작은 눈에 초점이 안으로 몰리는 표정까지, 틀림없는 막심이었다. 게다가 돈사로 들어가는 모습이 전혀 어색하지 않았고, 돈사에 누워 사람들을 관찰하는 시선 또한 영락없이 막심이었다.

"여기서 보네. 왜, 막심인줄 알았지?"

그의 어깨를 툭 치는 사람은 다름 아닌 박 씨였다.

"팀장님……, 저 돼지는……, 막심이 아닌가요?"

"씨가 어디 가나? 새끼야, 새끼. 닮아 보이는 거지. 다들 막심이라고 하지. 이것들이 뭐해! 어서 모돈들 씻겨서 데리고 와!"

박 씨가 종부사 인부들에게 소리쳤다.

"이제 자넨 한을 풀었네. 모든 게 잘 끝났으니 다행이지. 아, 난 농장주가 대출받은 은행에서 농장주 대신으로 전문가가 필요하다고 해서, 내가 농장주로 왔어. 인부들도 내가 적당하다고 이야기를 하고…… 모두 잘된 일 아닌가?"

그때, 누워 있던 수퇘지가 반쯤 몸을 일으켰다. 작은 눈동자로 그를 쳐다봤다. 수퇘지의 주둥이에 뭔가 묻어 있었다. 그가 수퇘지의 주둥이에서 풀을 떼어냈다. 운동장을 달리던 막심이 종종 뜯어 먹던 풀이었다.

쥐

1

　12월 23일. 술에 취해 지하철 승강장 후미진 곳에서 잠을 자기 위해 어딘가 기어들었다. 정신을 차려보니 외부인들은 출입이 금지된 지하철역 창고였다. 시계를 보니 새벽 2시. 술기운이 가신 뒤 문을 열고 나오니 승강장에는 미등만 두세 개 켜진 채 깜깜했다. 자판기에서 커피를 뽑아 벤치에 앉아 있다가 이상한 걸 목격했다. 때가 탄 곰 인형 같은 게 건너편 승강장을 느릿느릿 걸어 다녔다. 주변을 경계하는가 싶다가도 금세 토끼처럼 두 발을 모아 껑충껑충 뛰기도 했고, 긴 팔을 늘어뜨려 땅에 떨어진 걸 주워 입에 넣기도 했다. 그러더니 자판기에서 음료수를 뽑기 시작했다. 세상에, 그것은 쥐였다. 불가해한 일들이 비일비재하지만 사람만 한 쥐가 자판기에서 음료수를 뽑다니. 쥐는 자판기에서 뽑은 음료수를 파란 쓰레기통에 부었다. 어림잡아

2백 잔 정도. 나는 호기심이 발동하여 승강장에 걸터앉았다.

"자살할 건가?"

쓰레기통에 한쪽 발을 밀어 넣으며 쥐가 말했다.

"아뇨."

놀라긴 했어도 약간의 술기운과 승강장의 넓은 공간이 두려움을 잊게 하기에 충분했다.

쓰레기통에서 뜨거운 김이 뭉클 피어났다.

얼마간 시간이 흐르고, 쥐가 쓰레기통에 두 발을 넣고 걸치고 있던 누더기를 벗었다. 겨드랑이 냄새를 맡기도 하고, 궁싯거리기도 하면서 천천히 몸을 씻었다.

「자살하려거든 첫차가 좋아. 고양이들이 들끓지 않으니 좋고, 차가 안 막히니 영안실도 1순위로 배정받을 수 있고……」

몸을 다 씻은 쥐는 다시 옷을 주워 입었다. 어두워서 잘 보이지는 않았지만 씻어도 별반 달라진 건 없어 보였다.

「여기 사나요?」

내가 물었다.

「여기가 내 집이야.」

가래가 낀 목소리였다.

나는 철로로 뛰어내려 쥐가 앉은 맞은편 승강장 벤치로 갔다. 쥐는 나에게 담배를 건넸다. 나는 고개를 저었다. 쥐가 담배를 입에 물고 라이터를 켰다. 반짝, 불꽃이 일자 빨간 쥐의 얼굴이 나타났다. 까만 이가 유독 돋보이는 30대 후반의 사내였다. 쥐가 담뱃재를 털기 위해 외투 소매에서 손가락을 내밀었다. 행색과는 달리 손가락은 아주 부드럽고 세밀해 보였다.

「나야, 잘 살고 있지? 나도 잘 살아. 아이들은? 나라니까. 그래, 다 알아. 생각나면 다시 전화할게.」

쥐가 휴대폰을 가지고 있었다. 처음에는 쥐가 가족에게 전화를 건 것으로 생각했다. 그런데 쥐는 제멋대로 버튼을 누르는 것이었다.

「세상살이가 다 그렇지 뭐. 이 새벽에 잘 자던 잠을 깼다고 해서 화낼 건 없어. 멀리서 누군가가 살아 있다고 자네에게 보내는 신호라고 생각해. 숲에 부엉이가 부엉 부엉 울면 저 건너편 산에서 까악 까악 우는 새와 같다고 생각하면 돼. 잠을 깬 이 5분 정도의 시간은 인생에서 그리 긴 시간이 아닐 거야. 됐어. 이제 자.」

여기까지 말한 쥐는 다짜고짜 안녕, 하고 전화를 끊어버렸다.

"전화도 있네요?"

내가 말했다.

"사람들은 버릴 게 있으면 손에서 내려놓지. 그러면 다 여기로 굴러와. 발보다 낮은 곳이 여기거든. 사람도 죽을라고 꾸역꾸역 오는 판에 휴대폰이라고 안 오겠어?"

전철 한 량이 갑자기 지나갔다.

그 바람에 쥐와 나 사이에는 뜻하지 않은 정적이 찾아왔다.

"아침이면 5만 개의 발자국들이 우리 머리 위를 지나가지. 그 발소리를 들으면서 우리는 아침을 맞이하지."

“우리요?”

“이 역에 많이 살아.”

“왜요?”

“사는 데 이유가 있나? 그냥 사는 거야.”

이 말을 남기고 쥐는 승강장에서 철로로 풀쩍 뛰어내렸다.

「저기, 여보세요.」

나도 철로로 뛰어 내려갔다.

찬바람이 불었다. 엉거주춤 철로를 걷는데 승강장 아래 신문 반 장만 한 크기의 환풍구에 여러 마리의 쥐가 머리를 내밀고 이야기를 하고 있었다.

“여기야!”

쥐가 손을 흔들었다.

비좁은 환풍구로 들어갔다. 신문을 두텁게 깔고 그 위에 장판을 깔아놓았다. 그릇들이며 옷가지들이 가지런히 정리되어 있었다. 전등이 없어서 어둡기는 했지만 승강장에 켜놓은 전등으로 얼굴은 알아볼 정도였다.

「삶을 자신의 발등 위에 올려놓은 적이 없는 사람은 몰라.」

「발등에?」

「며칠 전이야. 여기서 한 여자를 만났어. 여자는 철로 위로 걸어왔어. 어디에서부터 걸어왔는지는 묻지 않았지. 물어보려고 하지도 않았고, 얼굴을 보려고 하지도 않았어. 그 여자의 삶은 발등 위에 간신히 놓여 있었거든. 그냥 덥석 안고서, 했지.

3일 동안 물도 안 마시고 그 짓만 했어. 나중에는 그 여자 거기서 피가 올라오더만. 빨갛게. 3일 후에 그 여자가 나에게 선물을 준다며 자기 가방에서 책 한 권을 꺼내주고 떠났지.」

「그 여자가 누군데요?」

내가 이야기를 자르며 끼어들었다.

「나도 모르지. 어쨌든 그 여자가 주고 간 책은 『잠자는 남자』라는 소설이야. 『잠자는 남자』가 뭔지 내가 어떻게 알겠어. 아무튼 저기 지하철역이 끝나는 곳까지 배웅을 해줬어. 처음 이곳으로 올 때는 발걸음이 무거워 보였는데, 그나마 조금 가벼워 보이더라고. 그 여자가 떠난 후, 옛날 살던 내 집에 가보았지. 몇 년 만에 처음이었어. 창문으로 보니 집 안 사람들이 어떻게나 좋아 보이던지. 개처럼 그 집 창가에 매달려서 한참을 구경했어. 한참을 구경하니 아, 그냥 창문을 부수고 들어가 밥통에서 밥이라도 실컷 퍼먹고 싶더라구.」

환풍구로 바람이 몰려왔다. 환풍구 지붕에 매달아놓은 그릇들이 달그락거리며 소리를 냈다. 쥐가 춥지 않냐고 물었다. 술이 깨자 추위가 몰려왔다. 쥐가 나에게 구멍이 숭숭 뚫린 담요 한 장을 줬다. 그 담요를 덮고 나도 바닥에 누웠다.

"집에서 사시지, 왜 이런 곳에 살죠?"

"꼭 기자처럼 묻네. 직업이 뭐지?"

"직업이라……"

퍼뜩 생각나는 직업이 없었다. 그렇다고 직업이 아예 없었던 것은 아니었다. 게임방 아르바이트부터 시작해서 택배 기사, 용역 청소부, 백화점 물류 창고 아르바이트, 도서관 지하 수영장 관리사 등 안 해본 게 없었다.

그중 가장 최근에 하던 일은 줄을 타고 빌딩 창문을 닦는 일이었다. 지금은 겨울이라 일이 없어서 쉬고 있었다.

"옛날이야. 시계도 없고, 시계가 있어도 나는 상관하지 않으니 지금 말고는 다 옛날이지. 그 옛날에 애인이 이곳에서 죽었어. 딱 이 자리야. 하얀 블라우스를 입었는데, 그 블라우스에 아롱아롱 꽃무늬가 있었는데, 그날 붉은 꽃이 피더라고. 나는 그 여자를 엄청 사랑했어. 그런데, 세상에, 여자한테 다른 사람이 생긴 거야. 스포츠센터에서 골프 강습을 하던 남자였는데 애인의 회사 앞에다가 스포츠센터 봉고차를 세워 놓고 기다렸다가 집으로 바래다주는 것을 내가 봤지. 순간 내 삶의 뿌리가 발등 위로 툭 떨어지는 거야. 발등에 번개를 맞았다고 생각하면 돼. 며칠 뒤 그녀의 회사로 찾아갔지. 내가 큰 잘못을 했다, 그러니 돌아와달라고 빌었지. 그런데 애인이 나를 보더니 뭘 잘못했냐는 거야? 잘못한 게 없었지. 회사 앞에서 대충 이야기를 하다가 이곳 지하철역까지 오게 되었어. 여기서 그 남자 이야기를 꺼냈지. 지하철을 타고 가버리면 그게 마지막이 될 것 같아서 속에 있던 말을 다 하고 싶었거든. 한 남자의 사랑을 무참히도 짓밟을 수가 있느냐, 개도 너만큼 무심하지는 않을 거다, 소리쳤지. 날 빤히 쳐다보더라고. 그러면서 하는 말이 날 사랑하느

냐고 물었어. 내가 응, 하고 대답을 했지. 그때 저기서 희끄무
레한 빛을 쏘며 열차가 오는 거야. 여긴 승강장 끝이거든. 속도
도 얼마 안 나. 그런데 애인이 철로로 뛰어내리는 거야. 내가
얼마나 놀랐다고. 다행히 애인은 기차와 부딪히면서 옆으로 튕
겨 나왔지. 그때 내가 달려들었다면 충분히 살릴 수도 있었어.
그런데 발이 떨어지지 않았어. 아까 내가 삶이 발등 위로 떨어
졌다고 했지? 그 무게가 날 움직일 수 없게 했어. 애인은 일어
서더니 다시 기차 앞으로 갔고, 결국 치어 죽었어. 여기, 이 자
리야.」

쥐는 어느새 담배를 물고 있었다.

"여기 계신 이유를 조금 알 것도 같네요."

목이 말랐다.

"이해를 하면 안 돼. 내가 그녀를 위해 죽을 수도 있다고 생
각했거든. 내 삶의 전부라고. 우라질! 그녀가 내 삶의 전부인데
죽는 그녀를 보며 내가 살펴야 할 또 다른 삶이 있다고 생각한
거지."

"또 다른 삶이라뇨?"

"살아가는 일, 이건 일이야."

쥐의 말을 들어서인지 철로 좌우로 뚫린 구멍들이 심상치 않
았고, 또 다른 누군가 그 속에서 나를 노려보고 있을지도 모른
다는 생각이 들었다.

"전화번호 있어?"

"왜요?"

"친구로 등록이나 해두게. 혹시 알아? 다음에 우리가 코엑스 앞 횡단보도 같이 멋진 곳에서 만날지."

쥐에게 전화번호를 알려줬다. 수많은 전화번호에 쥐의 연락처 하나 들어앉는다고 내 인생에서 달라질 건 없었다.

새벽 3시 반.

갑자기 승강장에 불이 켜졌다. 화들짝 놀란 나는 환풍구에서 나와 승강장으로 뛰어 올랐다. 그리고 파란 쓰레기통 속으로 몸을 숨겼다. 처음에는 나를 잡으러 온 지하철 공사 사람들인 줄 알았다. 그런데 작업복 차림의 사람들이 멀리에서부터 쇠갈고리와 곡괭이를 두드리며 승강장 밑을 조사하고 있었다. 여러 개의 플래시 불빛이 환풍구를 뒤지고 있었다. 그러다가 환풍구에서 어떤 낌새가 보이면 그 속에다 쇠갈고리를 넣어 사정없이 긁어댔다. 어쩌지, 하는 순간 갈고리에 쥐 한 마리가 끌려 나왔다. 이불에 둘둘 말린 쥐는 머리를 산발한 채 팔을 허둥거렸다.

"이게 사람이야? 쥐야?"

사람들이 달려들어 이불을 벗겨냈다. 빨간 여자의 벗은 몸이 철로 위로 나뒹굴었다. 사람들은 킬킬거렸다. 곡괭이로 여자의 가슴을 툭툭 건들더니 누군가 오줌을 눴다. 여자는 철로를 뒹굴며 손을 휘저었다.

"오늘 몸보신 하겠는걸."

여자의 목에 긴 줄이 묶였다. 사람들은 여자를 묶은 줄을 질

질 끌며 다시 걸었다. 플래시를 비추다가 수상하다 싶으면 환풍
구에 갈고리를 쑤셔 넣고 박박 긁었다. 반짝거리는 수백 장의
CD와 오디오가 나오기도 했다. 그 반대편 환풍구에서는 커다
란 십자가가 나오기도 했고, 먼지를 뒤집어쓴 책이 다량으로 나
오기도 했다. 사람들은 호기심에 CD며 책을 살폈다. 낄낄거리
고, 집어 던지고, 버럭 화를 냈다.

"빨갱이 새끼들!"

소리를 지르던 사람이 돌을 주워오라고 말했다. 주워온 돌을
환풍구에 던졌다. 재미있는 놀이처럼 사람들 모두 휘파람을 불
며 돌을 던졌다.

"여기야!"

사람들이 달려왔다.

"어여들 나오시지요!"

쥐는 나오지 않았다. 참을성 없는 사람들은 철로를 서성거렸
다. 돌보다 더 큰 고통을 줄 만한 것을 찾는 것 같았다. 사람들
은 환풍구 앞에 책을 쌓았다. 책에 불을 붙이자 환풍구 쪽으로
연기가 몰려갔다. 마치 너구리를 잡듯 사람들은 활활 타오르는
책을 뒤적이며 웃었다. 얼마나 지났을까. 환풍구 안에서 기침하
는 소리가 들렸다. 머리에 검댕을 묻힌 쥐 두 마리가 뛰쳐나왔
다. 철로로 풀썩 쓰러지는 쥐를 보며 사람들은 둥글게 모여 아
프리카 사람들처럼 기괴한 춤을 췄다. 사람들은 갈고리로 쓰러
져 있는 쥐의 엉덩이를 툭툭 치며 즐거워했다. 그 뒤로도 세 마

리의 쥐가 기어 나왔다. 사람들은 달려들어 옷을 벗겼다. 사람들은 플래시로 몸을 비추더니 침을 뱉었다.

"이럴 줄 알았어."

모자를 눌러 쓴 사람이 쥐 한 마리를 구둣발로 차며 말했다.

"이거 봐!"

쥐 등에 빨간 화상 흔이 큼지막하게 생겨 있었다.

"86년 건대 사건으로 기어든 놈이야. 질기네, 질겨. 배운 놈들이 뭐 먹을 게 없다고 여길 오나? 이봐! 나이가 몇 갠데 이러고 있어!"

누군가 그 쥐의 목에 줄을 매달았다. 그리고 구둣발로 옆구리를 걸어챘다.

"야, 인마! 이게 다야? 좋게 말할 때 불어! 우리가 장사 하루이틀 하냐? 착하게 말할 때 어서 나오라고 해! 물 대포 쏘면 어떻게 되는지 알지? 우리가 선량하게 물을 쏘겠니? 염산에 고춧가루 팍팍 풀어서 쏠 테니, 지금 어서어서 나오라고 해."

시계를 들여다보던 사람이 갈고리를 들었다. 그는 닥치는 대로 환풍구에 갈고리를 넣고 긁었다. 점점 쓰레기통 근처로 왔고, 나는 쥐처럼 쓰레기통에서 나와 벤치 뒤로 몸을 숨겼다.

"어허, 여기 또 한 마리 있네."

쥐가 발각됐다.

그들은 쥐와 쥐가 거머쥐고 있던 옷가지들을 긁어내며 해맑게 웃었다. 쥐는 꼼짝달싹도 하지 않았다. 어떤 사람이 쥐에게

120

일어서라고 말했지만 쥐는 앉은 채 움직이지 않았다. 몇 사람이 쥐의 두 팔을 붙들고 일으키려고 했지만 쥐는 다리를 구부리고 끝까지 버텼다. 누군가 가위를 가지고 와서 쥐가 뒤집어쓰고 있는 담요를 등에서 사각사각 잘라냈다. 그리고 기다렸다는 듯이 빨간 알몸이 드러나자 구둣발로 짓이겼다. 쥐는 조용히 구둣발들을 배로 등으로 받았다. 비명이라도 지를 법했지만 환풍구에서 나온 쥐들은 모두 입을 열지 않았다. 쥐는 다른 아홉 마리의 쥐와 같이 목에 줄이 감겼다. 사람들이 작대기로 승강장을 통통 치며 여명을 쫓아 걸어갔다. 한 무리의 포수들 뒤로 아홉 마리의 쥐가 끌려가는 풍경이었다.

그날 이후 나는 조용히 살았다. 편의점에서 따뜻한 우유를 사서 양지 바른 공원 벤치에 앉아 마셨고, 지하철을 타기 위해 승강장에 오면 기차가 올 때까지 벤치에서 일어나지 않았다. 기억은 항상 출렁거리는 것. 나는 그날의 기억에서부터 될 수 있는 한 멀리 벗어나려고 노력했다. 어느 나라든 망명자들, 이민자들, 부적응자들은 있게 마련이었다. 그들을 쇠갈고리로 탄압해야 한다는 것에는 동조를 못하지만 그들이 승강장 밑에서 내 구둣발 소리를 들으며 찬란한 아침을 맞이한다는 사실은 그리 유쾌한 일이 아니었다.

시간은 그대로였다. 텔레비전이나 신문, 인터넷을 뒤져 내가 원하는 것을 얻지 못하면 시간은 그대로였다. 그저 파란 호수에

노가 없는 배를 탄 것과 비슷했다. 어떤 변화를 얻기 위해 역기를 들고 자전거를 타면 그나마 살이 빠지면서 체중에 변화가 왔다. 이 변화를 몇몇 친구에게 보라며 인터넷에 올려도 모두 본체 만 체했다. 친구의 아버지가 돌아가셨다는 부고를 듣고 장례식장에 갔다가 돌아와도 친구의 주소지와 전화번호와 목소리와 태도는 그대로였고, 친구 아버지의 부재는 그전에도, 그 이후에도 나에게 무의미했다. 그것은 무료함과는 사뭇 다른 성질의 것이었다. 나는 행복하다, 나는 평화롭다는 생각 말미에 주어지는 어떤 공허함. 아주 빠르게 운동장을 돌다가 힘이 빠지면 나도 모르게 수돗가로 튕겨져 나가는 힘과 같은.

서점에 들렀다.

『잠자는 남자』라는 책 있어요?”

서점 여직원이 『잠자는 남자』라는 책을 가지고 왔다. 소설가 채소라. 소설가의 이름만 보고 책을 내려놓았다. 쥐가 말한 책이 정말 서점에 있다는 사실 하나만으로 내가 하고자 한 일의 대부분이 해결된 것 같았다. 그래도 서점 진열대에 놓인 책을 보니 담요까지 건네준 쥐에 대한 예의가 아닐 것 같아서 계산대로 가서 계산을 했다. 그리고 내 수중에 들어온 책에 대한 예의로 책장을 후루루 넘겼다. 이상스레 철로에서 풍겨오던 기름 냄새가 나기도 했다. 그래서인지 나는 채소라를 만나봐야겠다고 생각했다.

“저기요. 『잠자는 남자』를 쓴 소설가 채소라 선생님의 연락처를 알고 싶은데요?"

출판사로 전화를 했다. 별로 묻지도 따지지도 않고 소설가의 연락처를 알려주었다. 이제부터였다. 그녀를 만나서 무슨 이야기를 할지 몰랐다. 전화를 걸었다. 딸깍, 전화를 받은 그녀에게 먼저 소설을 잘 읽었다고 말했다. 독자라고 말하고, 며칠 전에 지하철에서 만난 쥐에 대해 대강 이야기를 했다. 그녀는 아, 하며 쥐를 알고 있다고 대답했다. 불에 탄 곰 인형처럼 생긴, 무뚝뚝한 남자로 알고 있었다.

홍대 앞 커피숍에서 그녀를 만났다.

"가서 만나보라고 하던가요?"

"아뇨. 제가 궁금해서……"

"뭐가 궁금하죠?"

"저에게는 큰 충격이었거든요. 지하철 승강장 밑에 그렇게 사람들이 산다는 것도 충격이었고, 그런 사람들을 죄인 취급하면서 끌고 가는 것도 충격이었고, 모두 충격이었습니다. 그곳에서 잠시라도 살았던 분이 사회에서 소설책을 내고 사는 모습을 보고 싶어서요."

"거기서 살고 싶으세요?"

"아직, 그것은……"

즉답을 회피하거나 말수를 줄이는 습관은 없었다. 그러나 당당하고 저돌적인 인상마저 풍기는 그녀를 만나고부터는 왠지 내 말에 자신감이 줄어들었다.

"거긴 사회에서 쫓겨 간 사람들이 사는 곳입니다. 사회에서 낙오된 사람들요. 좀더 자세히 이야기를 하자면, 그 사람들은 인간쓰레기입니다. 승강장 밑에서 음악을 한다고 밤마다 노래를 부르고, 시나 소설을 낭송하곤 하죠. 안타까웠습니다. 그것들 역시 쓰레기였습니다. 유행에서 훨씬 뒤떨어진 것이지요. 돈이 안 되는 고물입니다. 자신들이 할 수 있는 유일한 것을 그저 할 뿐입니다. 그런 감정에 휘둘리지 마세요. 생산 활동을 하지 않고 그저 생리대 자판기나 뜯어 훔친 동전으로 컵라면이나 먹으며 살아가는 그들은 좀도둑입니다. 사회 기생충이라고요."

얼굴을 붉히며 그녀가 말했다.

"네…… 그래도 쥐는 당신을 기억했어요. 그리고……"

"세상에는 모두가 유쾌할 순 없어요. 저에게도 슬픔이 있었죠. 그 슬픔을 쏟아내기에는 그곳만큼 좋은 곳이 없어요. 그는 내 슬픔을 꾹꾹 누르며 마지막 한 방울의 슬픔까지 핥아갔어요. 전 그것이 고마웠죠. 그 사람은 그런 재주가 있었어요. 슬픔을 먹어 치우는 기술요. 그 뒤 나는 또 한 권의 소설책을 출간했어요. 물론 그 남자의 이야기였어요. 그 남자 덕분에 슬픔도 씻고, 소설책도 냈으니 고맙긴 하죠. 하지만 다시 그 남자를 만나라거나 다시 그곳에 가라면 정중히 사양하겠어요. 전 그렇게 습기 많은 곳은 딱 질색이에요."

"그렇군요."

"오늘 만나자고 해서 나온 건 한 사람이라도 그곳에 머물게 하지 말자라는 생각 때문입니다. 제가 쥐와 같은 환풍구에서 며칠 살았다는 것에 죄의식이 있거나 부끄러운 건 아니에요. 이미 책으로 다 나왔으니 그런 건 없어요. 제발, 그곳에 대한 관심은 접어두세요. 그것이 당신에게 더 이익입니다."

인사를 하고 돌아섰다. 내가 같이 지하철을 타고 가자고 하니 근처에서 누굴 만나고 택시를 타고 갈 거라고 말했다.

나는 근처에서 대낮부터 술을 마셨다. 이유는 없었다. 그냥 술에 취해 한낮을 보내야 할 것 같은 기분 때문이었다.

그날 밤.

술기운 반, 계획 반으로 승강장에 숨었다. 지난번하고는 확연히 다른 기분이었다. 자칫 나도 갈고리에 걸려 철로 위로 질질 끌려갈 수도 있다는 생각. 그 생각에 오한이 들 정도였다.

새벽 2시가 넘어섰을 때, 승강장으로 나왔다. CCTV에 잡힐 것도 같아 승강장 벽에 몸을 붙인 채 반대편 환풍구를 주시하며 걸었다.

그때, 철로 저 멀리서 누가 걸어왔다. 자판기 뒤에 숨어 쳐다봤다. 검은 외투에 회색 운동복을 입은 쥐였다.

"어이!"

쥐가 내 쪽으로 고개를 돌렸다.

"어떻게 된 거죠?"

"뭐가?"

"지난번에……"

몸 여기저기에 피딱지가 붙어 있었다.

"우리가 전선을 갉아먹는대. 그래서 며칠 전에 열차가 멈춘 날도 있었대. 그게 우리 때문이라는 거야. 웃기지? 내가 안 그랬다고 하는데, 그렇게 말하면서도 내가 그랬나 했지. 그런데 내가 전기를 왜? 우린 전기를 안 써. 그 자식들이 안양역에 내려주더라고."

끌려가는 장면이 자꾸 떠오르면서 측은한 마음이 들었다. 이런 측은함은 어디에서 오는지 알 수 없었다. 내가 왜 이런 감정에 사로잡혀야 하는지 뚜렷한 이유는 없었다. 하지만 누군가로부터 감독받는다는 것, 그 자체로 불쌍한 존재였다.

우리는 자판기에서 우유를 뽑아 마셨다.

달콤했다.

"여기보다 더 아래에는 누가 살까?"

"글쎄요."

"바위 속에서 잠만 자는 사람들?"

그때 벨소리가 들렸다.

"여보세요! 누구세요?"

그가 휴대폰을 들고 걸어갔다. 나는 영문을 몰라 멍하니 쥐를 보고 있었다.

"잠깐만 기다려!"

이렇게 말하고, 쥐는 당산철교 쪽으로 걸어갔다. 곧 날이 밝아올 텐데, 첫차 시간이 다 되었는데, 나는 쥐가 잘못되는 건 아닌지 걱정이 됐다.

그러나 어쩔 수 없다.

나는 첫차를 타고 집으로 가야 했다.

그 다음 날 안 사실이지만, 쥐는 첫차에 치어 죽었다. 그의 시체는 토막이 난 채 당산철교 아래로 떨어져 며칠에 걸쳐 잠수부들이 찾아야 했다. 경찰이 철로에 떨어뜨린 쥐의 휴대폰에서 내 연락처를 알았다고 했다. 쥐의 휴대폰에 저장된 친구는 내가 유일하다고 했다.

나는 3일 동안 이 광경을 올림픽대로 옆 고수부지에 앉아 발등을 말리며 구경했다.

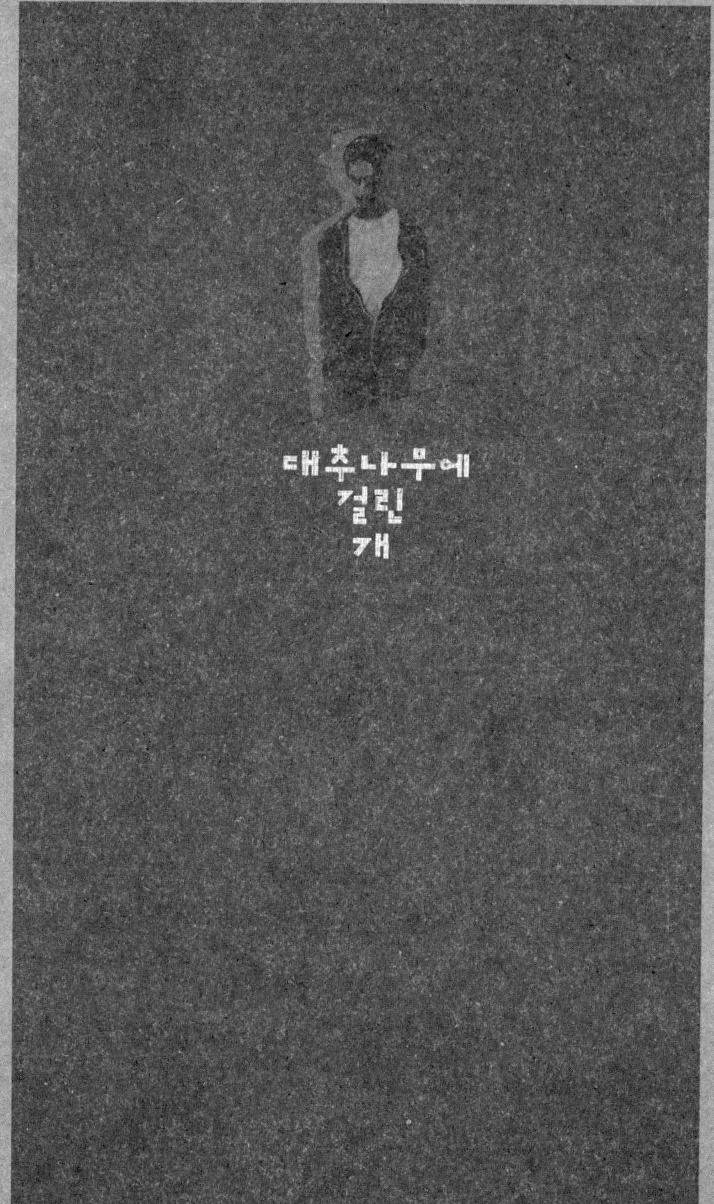

대추나무에
걸린
개

아침에 일어나보니 내 몸 위로 그림자 하나가 걸터앉아 있었다. 반지하방에서 잠을 자다 보면 이런 일은 다반사였다. 창문 앞에서 잠든 술 취한 사람이나 몰래 갖다 버린 옷걸이가 그림자를 만들어 방 안으로 들어서기 때문이었다.

그런데 별것 아니라고 생각했던 그림자가 까딱까딱 흔들리고 있었다.

"뭐지?"

골목을 지나가던 신발들이 그림자를 향해 몰려들었다.

"대추나무에 웬 개가?"

"별일일세."

무슨 일인지 알 수 없지만 놀랄 일은 아니었다. 반지하방에서 7년을 살아온 나에게 창문 너머에는 상식 밖의 일들이 비일

비재했다. 황사로 앞이 제대로 보이지 않던 날, 차에 치인 사람
이 창문을 뚫고 방으로 반쯤 들어오기도 했고, 달리던 쓰레기차
가 전복하는 바람에 창가에 오물이 잔뜩 쌓여 악취가 진동했던
날도 있었다. 택시 기사와 말다툼을 하던 여자가 우산을 던져
유리창이 박살이 나거나, 교미하는 개들에게 끼얹은 뜨거운 물
을 내가 고스란히 뒤집어쓴 적도 있었다.

"복날이 언제지?"

"누군지 몰라도 몰상식한 양반이네. 개를 잡으려면 집에서나
할 일이지. 길가에다가 이게 뭐야."

"경찰서에 신고해야 하는 거 아냐?"

흔들리던 그림자는 대추나무에 목을 매달린 개였다.

어느 누가 봐도 그 개는 된장을 발라 먹기 위해 피를 뽑는 중
이었다. 개를 매달아 집 밖, 그것도 길가에 버젓이 내놓은 건
어느 면으로 보나 비윤리적이었지만 아무도 경찰서에 신고하지
않았다. 내가 살고 있는 곳은 청파동 큰길에서 상당히 안으로
들어온 동네였다. 골목 곳곳이 막다른 길이었고, 40여 가구가
큰 골목을 끼고 살았기 때문에 모르는 사람이 없었다.

어스름이 내릴 즈음, 엘칸토 한 켤레가 대추나무 주위를 맴
돌았다. 구두 밑창에 담뱃불을 비벼 끈 엘칸토는 신문을 둘둘
말아 대추나무에 걸린 개를 살폈다.

"저게 뭐지?"

엘칸토가 신문으로 가리킨 것은 대추나무 아래에 놓인 의자였다.

"개가 갖다 놓은 건가?"

신발들이 하나둘 엘칸토 주변으로 모여들었다. 의자와 개를 번갈아 쳐다본 사람들은 혼란스럽기 시작한 모양이었다. 의자 등받이에 뚫려 있는 틈으로 머리를 넣어보기도 했다. 어디서 많이 본 의자인데 대체 누구네 의자인지 퍼뜩 생각이 안 난다며 주저앉아 머리를 감싸는 사람도 있었다. 의자와 죽은 개가 모종의 연관성이 있다고 생각들은 했지만 정작 그것이 무엇인지 결론을 내리기는 쉽지 않은 모양이었다.

많은 신발들이 엘칸토가 그랬던 것처럼 대추나무를 두고 빙빙 돌았다.

"이 발자국 좀 보게!"

엘칸토가 의자를 유심히 쳐다봤다.

"고양이 발자국 같기도 한데?"

엘칸토 옆에 서 있던 등산화가 말했다.

"이 사람이 정말, 고양이 발자국을 보지도 못했나?"

의자에서 개의 발자국을 발견한 모양이었다. 이들의 이야기를 종합해보면, 그것은 너무 엷은 흔적이었다. 개의 발자국이라고도, 고양이의 발자국이라고도 할 수 없을, 몇 개의 점에 불과했다.

엘칸토를 에워싸고 있던 사람들도 그것에 주목했다. 그들은 과학적인 판단에 근거해서 개의 죽음을 조사해야 한다고 말했다. 이상한 일이라며, 대수롭게 넘길 일이 아니라며, 엘칸토 뒤에서 심각한 표정으로 대추나무에 걸린 개를 이리저리 뒤적였다. 혹 누군가 말세라든가, 검은 육물만 남기고 혼백이 승천한 짐승이라고 말을 했다가는 엘칸토에게 호되게 욕을 먹을 분위기였다. 세상은 빈틈없는 과학의 직물체이기에, 원인과 결과가 분명히 있다고 엘칸토는 몇 번씩 강조했다.

엘칸토 곁으로 랜드로바 한 켤레가 다가왔다.

랜드로바는 의자에 찍혀 있다는 개의 발자국을 자세히 쳐다보았다. 그리고 한마디 툭 내뱉었다.

"개가 자살을 했군!"

처음으로 자살이라는 말이 랜드로바의 입에서 나왔다. 생각해보면 이 동네에서 자살을 흉내 내는 건 흔히 볼 수 있는 풍경이었다.

8개월 전이었다. 두어 시간 눈물을 흘리던 열두세 살가량의 아이가 신발 끈을 풀더니 대추나무에 목을 맸다. 그때는 벗어놓은 신발에 소복소복 눈이 쌓이던 계절이었다. 꽤 오래 참던 아이는 휴대폰으로 누군가에게 전화를 했고, 곧 아이의 부모가 달려와 아이를 데리고 갔다. 또 올봄에도 한 여자가 대추나무 밑에서 소주를 마시다가 목을 매달았다. 휘청거리던 나무가 잠잠해졌을 즈음 창밖으로 고개를 내밀어봤더니 죽었다고 믿었던 여자가 말간 눈으로 날 보며 씩 웃었다. 그러고는 곧바로 의자

에 두 다리를 내려놓더니 반지하방 창가에 붙어 앉아 오줌을 누
고는 내처 골목을 빠져나갔다.

"자넨, 참 희한한 생각을 잘하네그려."

엘칸토가 신문으로 손바닥을 탁탁 두드리며 말했다.

"개가 왜 자살을 못 한다고 생각하나? 나무도 살기 싫으면
죽는 것이고, 하늘에 떠 있는 태양도 재미가 없으면 저쪽으로
지는 거야. 우리 기준으로 개를 판단하면 안 되지."

"개가 어떻게 자살을 하나? 판단할 수 있는 머리가 없는데
……"

"개에게 머리가 있는지 없는지 자네가 어떻게 아는가?"

엘칸토가 잠시 골목 끝에 있는 교회를 쳐다봤다.

"개는 먹기 위해 살고, 인간에게 먹히기 위해 살잖아. 개는 신
이 인간에게 내린 이 땅의 열매야. 열매가 자살하는 거 봤나?"

"감이 땅에 떨어진다고 다 인간을 위해 떨어지는가?"

"그럼, 감이 자살을 한다는 건가?"

"알 수 없지."

랜드로바의 말에 동의하는 사람은 없었다.

"좀더 조사를 해보자구."

엘칸토와 랜드로바의 말싸움이 여기서 일단락되나 싶었다.

집으로 가는가 싶었던 엘칸토가 다시 대추나무 쪽으로 걸어
왔다. 지나가던 아이에게 돈을 쥐어주며 뭐라고 귓속말을 했다.
달려갔다 달려온 아이가 엘칸토에게 필기도구와 줄자를 건네주

자 그는 의자 위로 올라가 줄자로 개의 길이를 쟀다. 주둥이에서 꼬리까지의 길이와 꼬리에서 바닥까지의 거리. 또 개와 나무 사이의 거리, 발자국의 길이와 두 발자국 간의 거리도. 주둥이에 묻은 피를 담뱃갑 포장 비닐에 살짝 찍어 넣는 재치도 발휘했다.

"흠……"

여기까지 조사를 끝낸 엘칸토는 뭔가 석연찮은 구석이 있는 듯 손바닥으로 턱을 만지작거렸다. 엘칸토의 시선으로 보아 대추나무에 걸린 개의 배가 수상한 모양이었다. 죽은 지 며칠이 지났지만 배가 가라앉지 않았다. 수많은 단서들 중에 가장 큰 단서는 바로 죽은 개. 개의 배를 가른다면 필시 그 안에 유서와도 같은 물증이 나올 것이라고 생각한 모양이었다. 그런 생각은 과학적 수사를 위해 피할 수 없는 일이라고 핑계를 댔지만 사실은 많은 사람들 앞에 자신의 주장을 피로 증명하려는 행동이었다. 대추나무에 걸린 개는 죽었고, 그 죽음이 지금 자신의 의지 아래에 나무토막처럼 서 있었다.

"칼!"

이렇게 외친 엘칸토가 부리나케 골목 입구에 있는 문방구로 뛰어가서 칼을 사왔다. 엘칸토는 칼로 단번에 개의 목에서 항문까지 그었다. 온갖 내장들이 추르르 쏟아질 거라는 기대. 그 속에 개의 온전한 죽음이, 저울에 올려놓으면 정확하게 무게를 잴 수 있는 개의 죽음이 빤히 있을 거라는 기대는 그러나 대번에 물거품이 되었다.

개의 배 속은 텅 비어 있었다. 그나마 다행스럽게도 항문 근처에 물고기의 부레와도 같은 작고 검은 공기주머니가 남아 있었다. 엘칸토는 그것을 신문지에 싸서 반지하 환풍구 쪽으로 던졌다.

"젠장, 뭘 먹지도 못했나 보네."

"내장이 없는 거지."

멀찍이서 구경하던 랜드로바가 말했다.

"어차피 그놈은 말이 안 되는 놈이야. 목을 맸건 내장이 없건 미물인 개라구!"

지나가는 사람들도 대추나무에 매달린 개에 대해 한마디씩 거들었다. 그들의 말에 따르면 이 개가 스스로 목숨을 끊을 만큼 세기에 한 번 나타날까 말까 한 영물이거나 개를 죽이긴 죽여야 하는데 손에 피를 묻히고 싶지 않은 어떤 사람이 배후에 숨어 있다는 것이었다. 개의 주검은 필시 곡절이 있을 것이라는 사람들의 생각으로 인해 상당 기간 방치될 수밖에 없을 것 같았다.

집으로 발걸음을 돌리던 엘칸토가 어디서 나무젓가락을 구해 다시 대추나무 앞에 섰다. 그리고 절개한 개의 배를 열어젖혀 갈비뼈 사이로 젓가락을 고정시켰다.

"세상에……"

지나가는 사람들이 배 속이 텅 빈 개를 보며 혀를 찼다.

"이게 자네가 말한 과학인가?"

근처 식육점 앞에 서 있던 랜드로바가 고개를 저으며 말했다.

"증명하는 거야."

"뭘?"

"이 개가 자살한 게 아니라는 거."

"텅 빈 배가?"

"고기에 불과하다는 거지."

"개가 한낱 고깃덩어리라고 소문을 내야 할 이유가 뭔가?"

"이렇게 해놔야 개 주인이 얼른 나타나겠지."

엘칸토는 바지를 털며 사라졌다. 모여 있던 신발들도 흩어지면서 장마가 지난 뒤 되짚어볼 일이라고 한마디씩 내뱉었다.

더운 날씨였다.

엘칸토의 예상은 빗나갔다. 개는 속을 다 보여준 채 그대로 대추나무에 걸려 있었다. 그 바람에 골목에 파리들이 들끓었다. 아주 조금씩 개의 살점이 썩은 무처럼 길바닥에 떨어지기도 했다. 거기에다 고약한 냄새까지 진동하기 시작하자 사람들은 집 밖으로 나오지 않았다. 심지어, 쓰레기를 내놓는 사람도 없었다. 모두 대추나무에 걸린 개의 정적 뒤로 숨어버린 것 같았다. 대추나무 주변을 얼쩡거리면 혹여 죽은 개와 연관될 것 같아 애써 모른 척하는지도 몰랐다. 아무튼 대추나무 근처로 아무도 오지 않았다.

"장마가 오면 다 쓸려가겠지."

지나가던 사람의 말대로 개로 인한 불안을 단번에 지울 수 있는 건 장마뿐인 것 같았다. 텔레비전에서는 벌써 한 달 전부터 장마 이야기를 하고 있었다. 기상이변으로 큰 홍수가 날 수도 있다고 했다.

하지만, 장마는 오지 않았다. 대신 푹푹 찌는 더위와 습기가 반지하에 사는 나를 힘들게 만들었다. 하나뿐인 환풍기로 반지하방의 공기를 뽑아내고 있었지만 역부족이었다. 간간이 바람이라도 불면 개 썩는 냄새가 반지하방을 가득 채워 숨조차 쉴 수 없었다.

"어이, 거기 누구 있나?"

늦은 밤에 누가 찾아왔다.

"누구시죠?"

반지하방 창가로 엘칸토가 와 있었다.

"이사 온 건가?"

"아뇨. 쭉 살았는데요."

"며칠 전까지는 불이 꺼져 있었잖아."

생각을 해보니 그랬다. 대추나무에 개가 걸리기 이전에는 불을 꺼놓고 살았다.

"부모님은 계시고?"

"……"

"어이, 창문 좀 열어보면 안 되겠나?"

“네.”

“대추나무에 개가 매달려 죽어서 그래. 물어볼 것도 있고
……”

나는 그들이 궁금해하는 사건의 전말을 알고 있었다. 하지만,
내가 어떤 이야기를 해준들 그들은 나를 반지하방에 앉아 시간
만 축내는 히키코모리로 생각할 게 뻔했다.

다시 불을 껐다.

“야! 너……, 넌 누구니?”

나는 반지하방에서 창문 밖을 구경하는 걸로 대부분의 시간
을 보냈다. 무료한 시간이었다. 금방 돋아난 싹이 공기를 밀어
내자 창가에 붙어 있던 나비가 살짝 들썩이는 것을 볼 만큼 섬
세한 시간이었다. 찬란한 어둠을 향해 수없이 많은 불기둥들이
날아오면서 밤이 낮으로 갈리는 불안한 시간이었다.

밤은 낮보다 넓었다. 지구는 어둠의 세계가 지배했고, 낮도
밤의 일부였다. 밤의 크기는 315,200,000km²인 지구 표면의
절반인 157,600,000km²였고, 이것은 태양의 크기이기도 했다.
그 태양의 크기만 한 어둠 속에서 하얀 털에 검은 반점이 드문
드문 있는 개가 뛰어다녔다.

개는 낮 동안 그림자를 수집하는 밤의 전령이었다. 밤이 낮
으로 바뀌면서 갑자기 빛을 본 그림자들은 밤의 세계로 가지 못
하고 엉거주춤 사물에 붙어 그림자를 만들었다. 사람의 등 뒤에

비스듬히 서 있는 그림자 역시 마찬가지였다. 그림자는 낮에 잔존한 밤이었다. 그럴 수밖에 없었다. 사람들이 성급하게 낮의 세계로 뛰어들었기 때문이다. 사람들은 새벽부터 차를 몰고 도시로 쏟아졌고, 온갖 사물들이 빛을 보기를 원했다. 새벽은 점점 줄어들었고, 해질녘은 점점 뒤로 밀렸다. 결국 밤과 낮의 경계들이 허물어지면서 뒤돌아가야 할 어둠이 도시에 고립된 것이었다.

개는 도심에서 수거한 그림자를 내 방으로 데리고 왔다. 내 방은 언제나 그런 그림자들로 북적거렸다. 그림자들은 육을 가진 것도, 영을 가진 것도 아닌 또 다른 존재였다. 검은 물과도 같았다. 검은 불과도 같았다. 100호짜리 검은색 퍼즐과도 같은 존재였다. 밤의 세계로 돌아오지 못한 어둠 때문에 밤의 세계에는 같은 모양의 구멍이 뚫렸다. 그 구멍을 보고 사람들은 귀신이라고 했다. 사람의 형체를 띤 구멍이니 그럴 수도 있었다. 더러 그 안에는 밤공기에 실려 온 영혼들이 잠시 쉬기도 했지만 그것은 잃어버린 밤이었다. 그 잃어버린 밤을 되찾기 위해, 그리고 퍼즐을 맞추듯 밤을 수선하기 위해 개는 뛰어다녔다.

그러던 어느 날, 개가 창가에 서 있었다. 개 뒤로 그림자들이 어둠에 뿌리를 내린 채 서 있었다. 마치 자객들 같았다. 개는 도심에 남아 있던 그림자들이 귀환을 포기했다고 했다. 오히려 그들이 밤을 공격할 거라고 했다. 도시에 거대한 등이 세워져서 그림자들이 많아진 탓이라고 했다.

아침부터 엘칸토가 칫솔을 문 랜드로바와 함께 대추나무 앞에 서 있었다.

"자넨, 아직도 이 개가 자살을 했다고 생각하는가?"

"나는 자살이 아니면 대추나무에 죽은 개가 열린 것이라고 보네."

랜드로바가 한쪽 발로 대추나무를 툭 건드렸다. 대추나무가 흔들리면서 개의 썩은 살점인지 나뭇잎인지가 창가로 날아왔다.

"태권도 도장 김 씨 아닐까? 그 사람이라면 복날을 우습게 넘길 사람은 아니지. 자네 알잖아! 지난여름에도 땅끝인지 토말인지 하는 곳까지 식구들 다 데리고 가서 한 마리 해 먹고 왔잖은가?"

엘칸토 옆으로 등산화가 다가서며 말했다.

"태권도 도장 김 씨가?"

"아, 그럼. 그 인간은 개라면 사족을 못 쓴다니까. 오죽하면 자식들의 이름에 복 자를 넣었을까? 그 자식들 낳는다고 힘쓸 때마다 개 한 마리씩 배에 넣었다고 자랑하지 않던가."

"이 발자국은?"

랜드로바였다.

"……"

등산화가 의자에 찍힌 발자국을 유심히 쳐다봤다.

"자네 말대로라면, 이 개 발자국은 태권도 도장 김 씨의 것이 되어야 하잖아?"

랜드로바는 자신의 생각을 굽히지 않았다. 의자에 찍혀 있는 발자국은 틀림없이 개 발자국이라고 단정을 내렸다.

"개가 자살을 어떻게 하누! 말도 안 되는 소리지."

엘칸토가 의자를 들어 대추나무에 던졌다. 그러자 대추나무에서 파리가 쏟아졌다.

반바지 차림의 그는 장딴지를 향해 달려드는 파리 떼들을 쫓느라 연신 잔발을 놀리고 있었다.

"내가 보기에는 틀림없는 자살이네."

팔을 내저으며 랜드로바가 말했다.

"이 사람, 비디오 가게를 하면서 영화를 너무 많이 봤구먼!"

엘칸토는 버럭 화를 냈다. 그러면서 태권도 도장 김 씨를 데리고 와서 더 이야기를 해보자고 했다.

그들이 가고 난 뒤, 또 한 무리의 신발들이 나타났다. 그들도 앞서 이야기하던 사람들과 별반 다르지 않았다. 달랐다면 태권도 도장 김 씨가 아니라 대추나무를 유력한 범인으로 지목했다. 밤만 되면 대추나무에서 김이 모락모락 났다고 했다. 먼 길을 다녀온 사람처럼 땀을 흘리기도 했고, 어느 날에는 마술을 부리기라도 하듯 커다란 부엉이 한 마리가 나오기도 했다고 말했다.

그 말은 사실이었다. 이런 대추나무가 신통해서 자신의 죄악을 씻어줄 것이라고 믿고 그 앞에서 제사를 지낸 사람들도 있었다. 하지만 4년 가까이 골목 위에 서 있던 고장 난 승용차가 슬금슬금 굴러 내려와 대추나무를 들이받고 튕겨나가면서 골목에서 놀고 있던 두 아이를 덮쳐버린 사건이 있은 뒤부터 사람들은 대추나무를 저주하기 시작했다.

"대추나무가 개를 홀린 거야."

"개가 밤마다 대추나무를 보며 짖어대는 건 어떤 메시지를 보내는 거지."

"그렇다면, 개가 외계인인가?"

"아닐 이유도 없잖아."

이런 추측의 근거에는 죽은 개의 시선이 한몫을 했다. 하늘을 향하는 듯한 시선, 그리고 세상을 관조하는 듯한 표정이 그랬다.

"아무리 대추나무가 개를 홀렸다고 해도, 개가 스스로 목숨을 끊었다는 건 난센스지."

"난센스?"

일주일이 지나자 어떤 근거에서인지 사람들은 개가 자살했을 거라는 쪽으로 결론을 내고 있었다. 개인지 고양인지 알아볼 수 없을 정도로 흉하게 변해버린 짐승의 사체를 놓고 다시 자살 논쟁을 벌였다.

"왜 자살을 했을까?"

이야기의 주도권은 랜드로바에게 있었다.

"죽는 것보다 사는 게 싫었겠지."

"왜?"

잠시 대화가 끊어졌다.

손톱을 깎고 있던 엘칸토가 답답하다는 듯 가슴을 때렸다.

"개들은 그 이유를 알지 않을까?"

"개가?"

"당연하지. 지네들끼리는 서로 대화를 했을 거 아냐."

처음에는 대추나무에 개가 걸려 있는 걸 재미로 알던 사람들이었다. 단순히 보기 흉해서 나섰던 사람들이 점점 내밀한 구석까지 파고들기 시작했다.

사람들은 몽둥이를 들고 범인을 찾아 몰려다녔다. 그들 중에는 태권도 도장 김 씨도 포함되어 있었다. 대추나무에 걸린 개를 보자 태권도 도장 김 씨가 더 흥분했다. 랜드로바는 태권도 김 씨를 앞세워 집집마다 초인종을 눌렀다. 집에 대추나무 밑에 놓인 의자와 닮은 의자가 있는지, 집에 죽은 개의 흔적이 있는지 조사를 하고 다녔다. 아무도 그런 개와 닮은 의자를 찾아내지 못했다. 집집마다 개와 얽힌 이야기들은 하나씩 있었지만, 그 속에서 개는 사람에게 충성을 다하는 아름다운 미담의 주인공이었다.

사람들은 다시 대추나무 아래로 몰려왔다.

"개가 먼 산 보면서 짖어대는 건 본능이라고."

엘칸토가 어느 집에서 개가 죽기 전에 맹렬하게 짖더라는 말을 들었던 모양이었다.

"자살도 개의 본능이지."

"내 평생 개가 자살했다는 얘기는 들어본 적이 없네."

"우리 어릴 적에 교과서에 고마운 갠가 뭔가 있었잖은가? 개가 개울에서 몸에 물을 적셔 사람을 구한 이야기 말일세. 그런 걸 보면 개의 본능 안에는 사람들이 생각지도 못한 것들이 들어 있을 수 있어. 살기 싫어 죽는다는 것이, 자기를 아껴준 사람을 위해 죽는 것보다 못한 게 뭐 있어? 플랜더스의 개도 있잖아!"

"플랜더스의 개가 자살을 했나?"

"개도 생각이 있다는 거야. 생각을 하다 보니, 이놈이 조금 외로웠겠지. 만화책 보면 그 플랜더스의 개도 많이 외로워 보이잖아."

"외로워서 죽는다? 개가?"

등산화가 그들 사이로 비집고 들어서면서 이야기는 잠시 중단되었다. 무슨 대단한 사건을 파헤치는 것처럼 많은 사람들이 아예 반지하방 앞에 진을 치고 있었다.

"그렇다면, 대체 개가 어떻게 자살을 했다는 거야?"

대추나무 주변을 빙빙 돌던 엘칸토였다. 간혹 한 번씩 양말에 끼워둔 담배를 꺼내 피우면서 사사건건 랜드로바의 말에 토를 달았다.

"계단에서부터 달려와서 이 의자를 밟고 뛰어올라서는, 이 줄에 콱 목을 매단 거야?"

아무리 생각해도 믿기지 않는 몸짓이었다.

"그렇담, 이 줄은?"

"모르지……"

랜드로바의 목소리가 쑥 들어갔다.

"이 줄을 개가 맸단 건가?"

엘칸토는 다시 이야기의 주도권을 잡았다.

"개가?"

엘칸토는 의자 위로 올라섰다. 그리고 대추나무에 걸려 있는 노끈에 자신의 목을 갖다 댔다. 죽은 개와 엘칸토의 머리가 나란히 놓였다.

"개가 이곳에 줄을 매달았다고는 볼 수 없네. 사람이 하기에도 힘든 높이이지 않은가?"

"누가 도와준다면?"

랜드로바였다.

"죽는 개를 도와준다? 사람이?"

모두들 잠깐 동안 말이 없었다. 이야기가 영 이상한 방향으로 전개된다고 생각한 모양이었다.

랜드로바는 슬슬 자리를 뜰 생각으로 창가에 침을 찍 뱉었다. 엘칸토는 과학적으로 수사를 해야 한다는 입장인 반면에 랜드로바는 개가 자살을 했다는 데 무게를 뒀다. 그러다가 대추나무에 걸린 줄에 시선이 옮겨가면서 이제 누군가 개의 자살을 도왔다는 결론에 이른 것이었다.

"자네 말대로라면 이 개가 사람과 말이 통해야 하는데, 그게 가능한 일인가?"

양화점 검정 구두와 파란 슬리퍼도 엘칸토 근처로 자리를 옮겼다. 랜드로바 뒤에 있던 황갈색 부츠가 뒤꿈치를 들고 엘칸토를 쳐다보았다.

"개와 사람이 말을 주고받지 말란 법이 있는가?"

모두들 숨을 죽였다. 아니라고 말할 순 없고, 그렇다고 개와 사람이 모의하여 자살을 했다고는 단정 지을 수 없는, 그런 애매모호한 지경에 놓였다.

"누구라고 생각하는데? 짚이는 사람이 있어?"

엘칸토는 어떻게든 이 사건을 종이비행기를 접듯 깔끔하게 접어 허공으로 날려버리고 싶은 모양이었다.

"자네 말대로라면 필시, 범인은 이곳으로 다시 올 거야."

"범인?"

랜드로바가 혼자 중얼거렸다.

"개를 죽게 만든 사람."

"자살 방조자겠지."

"좋아, 자살 방조자든 개와 말을 하는 사람이든. 올 거야."

"개와 말을 하는 사람이 이딴 곳엘 왜 오나? 텔레비전에 나가야지."

엘칸토가 랜드로바를 비웃었다.

사람들은 범인이라는 말에 얼마 전에 있었던 일들을 떠올리기 시작했다. 지난달 길가에 주차해놓은 차들의 타이어가 줄줄이 펑크 났을 때 CCTV에 등장한 검은 물체가 바로 이 개와 범인이라는 것이었다. 또 몇 달 전에 있었던 철문 도난 사건도 죽은 개와 범인의 짓이며, 배달된 우유가 한꺼번에 터져버린 것과 유선 안테나가 사라져버린 것도 이들의 짓이라고 단정을 내렸다.

"목격자!"

"누구?"

엘칸토가 반지하방 창가로 돌아섰다. 그리고 한 사람씩 반지하 창문가에 쪼그려 앉았다. 그들은 머리를 숙여 반지하방에서 나를 찾았지만 나와 눈이 마주치지는 않았다. 나는 책상에 앉아 지구본을 천천히 돌리고 있었다.

"어이, 말 좀 해봐! 자네밖에 없다니까! 자네가 바로 유일한 목격자야."

그간의 목소리로 보아 엘칸토였다.

"……"

"자네 방 앞에서 일어난 일이네. 자네가 모르면 누가 알겠나? 이야기를 좀 해주게."

이쯤에서 그들에게 이야기를 해줘야 할 것 같았다.

"네."

"정말?"

"네."

"뭘 봤는데? 누구?"

그들은 창가로 바짝 다가왔다. 그리고 서로 어깨를 걸며 잠시나마 행복하게 웃었다. 몇 년 동안 눈길도 주지 않던 그들이 내 말에 귀를 기울일 모양이었다.

그날, 아침부터 개가 보이지 않았다. 평소 같으면 어디선가 음식을 구해 먹고 대추나무 아래에서 잠시 낮잠을 잘 시간이었다. 그런데 그날은 자정이 다 되어서야 느릿느릿 대추나무 앞으로 걸어왔다. 그 뒤로 수십 명의 그림자들이 있었다. 그들은 식육점 벽에 붙어 개를 노려봤다. 지난밤 싸움에서 진 것 같았다. 주술의 시대가 가고, 신의 시대가 가고, 이성의 시대가 가고, 과학의 시대가 가고, 이제 밤의 시대가 올 것이라는 생각은 포기해야 할 순간이었다. 그때, 개의 눈에서 쏟아져나온 수십 마리의 벌레들이 방 안으로 날아들었다. 나는 캐비닛 속에 숨어 눈만 내놓은 채 개를 쳐다봤다. 까맣고 하얀 눈동자에 노란 달이 떠 있었다. 달은 차가웠다. 죽은 고양이 눈에서 본 적이 있는 노란 달. 개는 앞발로 땅을 파기 시작했다. 흙먼지가 부옇게 부풀어 올랐다. 개는 파놓은 구덩이에 풀썩 쓰러졌다. 그리고 도넛 모양으로 몸을 말아 자신의 엉덩이를 핥았다. 생리를 하는 모양이었다. 그 바람에 주둥이에 피가 묻었다. 주둥이에 묻은 피를 혓바닥으로 핥아대더니 다시 푹 꼬꾸라졌다.

담벼락에 붙어 있던 그림자들이 대추나무 아래로 다가왔다. 먼지를 뒤집어 쓴 그림자 하나가 재빨리 대추나무에 줄을 걸었다. 그리고 다른 그림자가 개를 번쩍 들어 옷걸이에 옷을 걸듯 줄에 걸었다. 그믐이었다. 캄캄한 골목에 빛이라고는 멀리에 있는 가로등뿐이었다. 그림자들은 그 빛을 향해 쏜살같이 달려갔다.

"그림자들이 대추나무에 줄을 맸다고?"

엘칸토의 목소리였다.

"네."

"그 말을 믿으란 거야?"

"네."

"자네가 본 세상은 그렇다는 거지?"

"네."

모두 웃었다. 엘칸토는 박수까지 쳤다.

"자네 말대로라면 우리는 뭐지? 개미? 말벌은 뭐지? 신이 만든 피조물의 업적인 문명은 뭐야? 자네가 보기에 이 모든 게 애들 장난이야?"

"……"

그들은 엉덩이를 툭툭 털고 일어서더니 흩어졌다. 골목에 있던 돌을 발로 차기도 하고, 전봇대에 몸을 부딪치기도 하면서 껄껄 웃었다.

"하루 종일 창문가에 붙어서 우릴 노려본 건 아닐까? 목소리가 예사롭지 않아."

"판타지를 너무 많이 본 거야…… 무협지만 해도 저러지는 않는데……"

"귀담아들을 게 뭐 있다고, 난 웃겨서 죽는 줄 알았는데."

"살림살이 봤지? 더러워서 원. 먼지가 산을 쌓았더만."

이것으로 대추나무에 걸린 개에 대한 논쟁은 끝이 나는 것 같았다. 그도 그럴 것이 유일한 목격자의 말을 믿어주는 사람이 없었으니 말이다.

하지만 금세 술 냄새를 풍기며 엘칸토가 사람들을 데리고 다시 나타났다. 그들은 어느새 의기투합해서 서로의 생각을 맞추고 있었다. 개가 자살을 할 수는 없고, 누군가 자살까지 몰고 갔다는 것이었다. 사람이라면 절벽 위에 서 있는 개를 발로 툭 차서 죽음으로 내몰 수도 있다는 말도 덧붙였다. 그러면서 그들은 마치 사건을 마무리 짓기 위해 현장검증을 나온 사람들처럼 죽은 개와 대추나무, 그리고 반지하방을 손전등으로 비췄다.

"어이, 학생. 아무리 생각해도 범인은 네놈이야. 내 눈을 피해갈 순 없거든. 텔레비전에 네놈 같은 애들이 자주 나오잖아. 컴퓨터 앞에만 붙어서 사는 벌레 같은 놈들. 텔레비전에서 이야기하는 게 거짓말이겠어? 그렇게 어두운 방에서 세상의 관심을 받고 싶어 발악을 하는 모양인데, 자수해. 그러면 모든 걸 용서하지."

엘칸토가 말했다.

"저런 놈들이 나중에 성추행범이 된다니까. 개를 괴롭히다가 나중에 사람을 괴롭히지."

처음 듣는 목소리였다.

"부엉이처럼 어두운 방에서 우릴 빤히 보고 있는 저 눈 좀
봐. 무서운 놈……"

신발들이 일제히 창문으로 다가왔다. 그들은 이 세상에 대해
서는 믿으려 하지 않았다. 대추나무가 골목으로 가지 하나를 뻗
어냈다는 사실도 그들의 관심 밖이었다. 1톤 트럭이 급제동하
면서 생긴 타이어 자국에 한 노파가 미끄러져 병원 신세를 지고
있는 것도 알지 못했다. 통닭집이 가로등 전기를 끌어 쓴다는
것도 몰랐고, 순찰을 도는 경찰들이 비디오방에서 잠을 잔다는
것도 몰랐다. 떡집에서 가져온 쌀 대신에 중국산 싸라기를 쓴다
는 것도 몰랐고, 여관인 현래장의 간판이 조만간 떨어질 거라는
징후도 읽어내지 못했다. 그들에게 지금 중요한 것은 개의 자살
이 아니라 개가 자살을 할 수 있다는 가능성이었다.

"틀림없이 나타날 거야."

이렇게 말을 하고는 모두 캄캄한 담벼락에 붙어 섰다.

그로부터 얼마나 지났을까.

한 사람이 대추나무를 향해 걸어왔다. 대추나무에 걸린 개를
보며 담배를 한 대 피웠다. 무슨 말을 하는 것 같았지만 혼자
중얼거린 탓에 목소리는 들리지 않았다. 밤이면 산으로 산책을
나갔다가 집으로 가는 등산화였다.

그때였다.

담벼락에 붙어 있던 그들이 나타났다. 그들은 몽둥이로 등산

화를 사정없이 내리쳤다. 어떤 이는 몽둥이로 목을 찌르고, 어떤 이는 새처럼 날아서 등산화의 허벅지에 쇠꼬챙이를 꽂았다. 또 어떤 이는 등산화의 머리에 돌을 던졌다. 등산화는 부서지듯 신발 바닥을 나에게 보이며 쓰러졌다. 뭐냐며, 잇몸으로 소리를 내봤지만 아무도 등산화의 말을 귀담아 듣지 않았다.

그리고 잠시 후, 엘칸토가 랜드로바를 물끄러미 쳐다봤다.

"자네 코에 피가 묻었는걸?"

"피?"

랜드로바가 창가로 와서 얼굴을 창문에 비췄다. 그의 얼굴에 피가 묻어 있었다. 이 피가 무엇을 말하는지 그는 알고 있었다. 오해는 기민하게 움직였다. 랜드로바가 고개를 돌리는 그 짧은 순간 누군가 몽둥이로 뒤통수를 내리쳤다. 쿡 앞으로 고꾸라진 랜드로바를 향해 이번엔 돌이 날아왔다. 등산화에게보다 훨씬 많이 랜드로바의 얼굴로 돌이 쏟아졌다. 랜드로바는 쓰러진 채 피 묻은 손으로 창문을 두드렸다.

"너도?"

랜드로바의 피가 사방으로 튀어 나머지 사람들의 얼굴에 피가 묻은 모양이었다. 그들은 한 덩어리가 되어 몽둥이를 휘둘렀다. 마치 우리에 갇힌 돼지들이 상대편 돼지의 얼굴에 묻은 피를 향해 동시에 공격을 하여, 결국 모든 돼지들이 죽는 것처럼 보였다.

그들 중 누군가가 의자를 던졌다. 의자는 창문을 부수고 반지하방으로 들어왔다.

　나는 그 의자를 깨끗이 닦고 그 위에 단정하게 앉았다. 그리고 창문 밖으로 비틀거리는 그들을 목격했다.

　그들이 모두 쓰러질 즈음, 대추나무에 주렁주렁 매달린 엘칸토와 그들이 보였다. 처음으로 그들의 얼굴을 본 셈이었다.

텔레비전

어느 날 갑자기, 어떤 사람으로부터 텔레비전에 출연할 수 없겠느냐는 말을 듣는다면 누구라도 당황할 것이다. 그날 나는 비번이었다. 나무토막처럼 동그라져 잠에 취해 있는 나에게 한 통의 전화가 걸려왔다. 누군가가 나에게 텔레비전에 출연할 수 없냐고 물었다. 세상이 놀랄 만큼 대단한 일을 한 것도, 빵이나 딸기 요플레를 소문날 만큼 잘 만드는 것도 아니니 분명 잘못 걸려온 전화라고 생각했다. 하지만 상대방은 느릿느릿 집요하게 수화기 속으로 말을 흘려보냈다. 자신이 찾고 있는 사람이 틀림없는 나라고, 텔레비전에 출연할 수 없겠냐고 했다. 전화벨 소리에 잠을 깬 나는 희미한 목소리로 되물었다. 누구와 무슨 역할로 출연하는지. 그러자 이전에 살인을 경험해본 사람이 어느 날 살인 충동을 느꼈는데, 그 상대가 바로 나라는 것이었다.

1주

　그 후 내 생활에 어떤 변화가 있길 기대하는 사람들은 그다음 있었을 법한 일에 대해 설불리 상상할 것이다. 나는 평상시와 다를 바 없이 택시를 운전했다. 여느 때와 마찬가지로 취객과 사소한 말다툼을 했고, 평소와 다름없이 세차를 한 뒤 20분 전에 동료와 교대를 했다. 승객이 택시를 탈 때마다 승객들의 시선을 룸미러로 슬쩍 보는 정도, 그 일로 어떤 위압감을 느끼긴 않았다. 장난 전화일 수도 있었다. 그런 일은 허다하지 않은가. 방 안에서 여러 날 혼자 있다 보면 아무 곳이나 전화를 해서 누군가의 목소리를 듣는 일. 여자의 목소리를 들으며 간단하게 욕구를 해소하는 일. 어쨌든, 그 사람이 제안한 방송 출연은 4주 뒤에나 있을 일이고, 누군가 나를 보며 살인 충동을 느끼는 것은 내가 택시 운전을 직업으로 선택한 것과 별반 다를 바 없는 것이니, 관여할 바가 못 된다고 생각했다. 그런데 하루 이틀 사흘이 지나면서, LP판이 어느 한 지점에서 자꾸 튀듯 내 삶의 한 귀퉁이가 자꾸 거치적거렸다. 살인하기에 안성맞춤인 인간이 하필이면 나인가 하는 의구심이 발진하면서부터였다. 살인도 입맛처럼 길들여진 것일 터. 생선도 먹어본 사람이 맛을 잘 안다고 하지 않던가. 어시장 같은 곳에서 광어며, 낙지, 돔 등 입맛에 맞는 생선들을 일일이 고르는 사람들처럼 그 누군가에게도 취향이 있고, 죽여 봐서 익히 잘 아는 인간의 죽음, 그것에 이르는 자의 고통의 맛, 칼이 상대의 몸속으로 깊숙이 파고들면서 자신의 손에 전달되는 손맛, 뭐 그런 것이 있단 말인데……왜 굳이 나일까. 여기에서 출발한 의구심이 거의 대부분의 시간을 번민에 휩싸이게 한 게 사실이다. 대중목욕탕에 가서 다른 사람들과 내 몸을 비교해보기도 했다. 그다지 다른 점은 보이지 않았다. 다른 사람들에 비해 다소 배가 나온 것은 매일 앉아서 일을 하기 때문이었다. 그렇다고 이것을 가지고 「네까짓 것이!」하는, 만만한 상대는 아닐 것이었다. 매일 핸들을 잡아야 하는 직업 탓에 남들보다 어깨도 많이 벌어졌고 상대방을 주시하는 시선 역시 그 어떤 사람들보다 노련했다. 게다가 액셀러레이터와 브레이크, 핸들, 후미경까지 온몸이 동시에 움직여야 하기에 운동신경도 남들보다 훨씬 좋은 편이었다. 그리고 생각해보니, 사람을 죽이는 것은 어디를 보나 금기된 것이며 이것을 위반했을 때는 죽음에 상응하는 처벌이 따른다. 그렇다면 이 누군가는 사람을 죽이는, 살해 욕망에 자신의 목숨까지 내바칠 수 있다는 이야기가 된다. 사람에게 어떤 상실감을 주는 법도 여러 가지라는 생각, 대체 내가 어떻게 보였으면 살인하기 좋아 보였을까 하는 것에서 오는 무기력이 마침내 정신을 갈래갈래 찢어놓았다.

　머칠 동안 바람 한 점 불지 않는 무더운 날씨가 계속되었다. 나는 밤에 택시 운전을 하고 집으로 돌아와 멍청하게 천장만 올려다보았다. 잠을 잘 수가 없었다. 어쩌다 잠이 들면 꿈에서 얼굴 없는 한 남자를 만났다. 나는 남자에게 얼굴을 보여달라고 했다. 하지만 그는 고개를 저었다. 그리고 사라져버렸다. 나는 이 남자가 꿈 밖에서 살인 충동 어쩌구 하는 그 누군가일 거라고 단정 지었다. 남자의 얼굴만 기억할 수 있다면! 이런 생각에 나는 잠을 자기 전 항상 메모지와 필기도구를 곁에 두고 잠을 잤다. 꿈속에 나타나는 남자의 몽타주를 그리기 위해서였다. 그러나 남자의 얼굴은 단 한순간도 뚜렷하게 나타나는 법이 없었다. 남자는 사라지고 내가 준비해둔 종이에는 둥근 원만 남기 일쑤였다. 나는 택시에 타는 승객, 횡단보도를 걷는 사람들의 얼굴을 유심히 관찰하였다. 모두 나와 별 차이 없는 얼굴을 달고 다녔다. 지나가는 눈으로 사이드미러를 봤다. '거울에 비친 사물은 실재보다 더 가까이 있습니다'라는 문구가 보였다. 집으로 돌아오면 나는 거울에 비친 나와 자주 대화를 했다.

「내가 그동안 무슨 짓을 한 거지?」

「무슨 짓을 했기에 사람들이 날 이렇게 만만하게 보는 거지?」

사이드미러나 룸미러로 등 뒤에서 일어나는 일을 흘끔흘끔 쳐다보던 내가, 나 자신과 정면으로 맞서보는 건 오랜만인 듯싶었다. 나는 여자관계부터 짚어가기 시작했다. 어느 날 갑자기 집을 나가버린 아내. 며칠 뒤 프로 권투 심판인 장인어른이 아내의 옷가지들을 가지러 왔고 그로부터 다섯 달 뒤에 이혼을 했다. 법적으로 남남인 아내와는 그리 뒤탈이 있을 법하지 않았다. 채무 관계도 깨끗한 편이었다. 3대를 병약한 독자로 살았고, 아버지의 병 수발로, 남아 있던 재산마저 탕진한 뒤였다. 원한을 품을 여자도, 빚 때문에 인생을 정리해야 할 필요도 없다면 남은 이유는 무엇인가. 이런 추궁, 스스로에 대한 회의가 깊어져갈 즈음 나는 미상불 폭력 앞에 떨고 있는 자신을 발견할 수 있었다. 초라한 모습의 나는 쇠줄만큼이나 단단한 비를 맞고 있다는 생각이 들었다. 나는 알고 지내던 몇몇 동창생들에게 전화를 걸었다. 안부 전화였다. 그들은 내 목소리를 기억하지 못했다. 그럴 만도 한 것이 너무 오랫동안 전화를 걸지 않았다. 하지만 그들에게 나에 대한 약간의 힌트를 주자, 그들은 아하, 탄성을 내지르면서 반가워했다. 그것만으로도 충분하였다. 나를 잊지 않았다는 것. 동창생들의 기억 속에 나라는 한 인간이 살아 있다는 것만으로도 위안이 되었다. 하지만 나는 그 동창생 몇 명의 안부만으로 이 불안이 충족되지 못한다는 것을 깨달았다. 정작 나를 지목한 사람은 나를 잊고 사는 그들이 아니었다. 내 곁에 턱을 공구고 나를 주시하는 그 누군가였다. 그때부터 나는 반지하방 창문에 기대서 지나가는 사람들의 면면을 훑어봤다. 이런 나에게 창밖을 지나가던 사람들이 말을 걸어오기도 했다.

「뭘 그리 보시오?」

나와 시선이 부딪히는 경우는 대개 그들이 내 반지하방 창턱

에 팔을 올려놓고 고뇌에 찬 얼굴로 벽에 오줌을 내갈길 때였
다. 창문 밑에서 지린내가 올라오면서 나는 모멸감 내지 고립감
에 치를 떨었다. 그러면서 자연스럽게 나라는 한 인간에 대한
물음이 깊어져갔다. 나를 제외한 모든 것들이 몇 걸음 뒤로 물
러서버린 것만 같았다. 그것은 어설픈 연극이 아니었다. 간혹
머릿속으로 떠오르는 유년의 기억만 잇새에 낀 질긴 음식물처
럼 머릿속을 꽉 채우고 있을 뿐 그 외 모든 것들은 어느새 등
뒤로 와서 섬뜩하게 나를 주시하고 있었다.

2주

1주일이 지나자 나는 살인 충동 어쩌고 하는 그 사람과 정정
당당하게 맞서야 한다고 판단했다. 그래서일까. 나는 집으로 돌
아와 텔레비전을 보기 시작했다. 게스트로 출연한 사람의 대화
횟수며 의상, 공격적인 질문에 대한 게스트의 현명한 대처 방
법, 토론에 필요한 도구, 개개인의 좋은 습관까지 메모를 했다.
우, 우, 우 탄성을 질러대는 방청객들이 어디에서 결정적으로
반응하는지, 반응에 대처하는 손쉬운 방법으로 고개를 끄떡거
린다거나 웃음을 입가에 띤 채 두 손을 꼭 맞잡고 어깨를 들썩
거려야 한다는 것까지.

문제는 주제를 논리적으로 파고드는 언변이었다. 누군가가
나를 죽이기 쉬운 인간으로 지목한 결과 그날의 주제는 나 자
신, 그리고 '살인 충동'이 될 것이었다. 그렇다면 나는 자신에

대한 항변이 필요했다. 나는 살아갈 충분한 이유가 있고, 30년 넘게 살아오면서 살아갈 힘을 비축해뒀다고 나 자신에 대해 변호를 하리라. 그러나 이것으로 충분하지 못했다. 누군들 살아갈 힘이 없고 또 살아갈 이유가 없겠는가. 이 문제는 또 한 번 나를 힘들게 만들었다. 죽음 이후에 영혼에게 불어닥칠 위험, 그것은 존재가 아예 사라지는 일이기에 사람들은 뭔가를 준비했다. 그 준비의 결과가 인구에 회자되는 이름 석 자며, 암굴 벽화와 같은 예술이며, 하다못해 본인의 데스마스크라도 떴고, 여럿이 어울려 사진이라도 찍어 벽에 걸어두었다. 하지만 나는 하루하루 납입금을 맞추며 근근이 살아갈 뿐 자신을 위해 준비했거나 준비할 것이 없었다. 이런 생각에 미치자 이제 더 이상의 고뇌는 무용하다는 사실을 깨달았다. 나는 비로소 내 영혼이 퍼마시던 샘의 바닥을 본 것이었다. 텅 비어 있는 샘. 나는 어떤 좌표도, 악도, 선도, 가치도 느낄 수도 없고 찾을 수도 없는 샘에 걸터앉아 있었다. 결국 나는 아무 준비 없이 토크쇼에 나가야 할 거라 생각했다. 토크쇼에 나간다면, 우리나라 인터넷 이용자가 천만 명을 육박하는 요즘, 나는 전국, 아니 전 세계적으로 살해하기에 안성맞춤인 한 인간으로 낙인찍힐 것이고, 그날로부터 내 주변은 썩은 생선에 꼬이는 파리처럼 온갖 인간들이 들끓게 될 것이다. 그러다가 어느 날 갑자기 옆구리로 들어온 칼에 의해 따뜻한 죽음을 맞으리라.

체념에 빠져 있던 어느 날 밤, 나는 서부역 앞 도로를 달리고 있었다. 바퀴가 아스팔트를 스치는 속도감이 더할 수 없이 창백하게 느껴졌다. 택시와 횡단보도의 거리가 어림잡아 100미터가량 되었을 때, 길가에 띄엄띄엄 버려져 있는 쓰레기더미가 보였다. 그리고 길을 따라 어둠을 끌어안은 가로등이 횡단보도 중간에 서 있는 술 취한 행인을 비추고 있었다. 행인은 달려오는 나를 빤히 쳐다보고 있었다. 삶을 포기한 사람이 뜻밖에 누군가를 만나 약간 당황해하는 눈빛이랄까 제스처랄까 뭐 그런 어색한 표정으로 돌처럼 굳어 있었다. 나는 속도를 줄였다. 순간 내 시야에 진열되어 있던 사물들이 주춤거렸다. 횡단보도에 서서 나를 응시하고 있는 남자를 보는 순간 내게 어떤 의지가 나뭇가지처럼 자라남을 느꼈다. 그 의지는 지극히 원시적인 것이었다. 눈앞의 저 행인을 차바퀴로 눌러버렸을 때, 바퀴가 행인의 몸 위로 올라서면서 확보될 약간의 시야, 그리고 바퀴가 덜컹거리며 아스팔트로 주저앉을 때 느낄 그 약간의 충격. 어쩌면 이것이 살인에 대한 충동일 것이었다. 이런 생각 끝에 묻어나는, 죄의식이 눈을 감았다 떴다. 그러면서도 이런 종류의 쾌락이 그리 먼 곳에 있지 않은 것이 놀라웠다. 룸미러를 봤다. 내 얼굴이 보였다. 낯설었다. 타인처럼 낯설게 보였다. 차를 세우고 횡단보도로 걸어갔다. 횡단보도에 쓰러져 있던 행인은 다가오는 나를 보며 두 팔을 버둥거렸다. 내 나이 또래의 사내였다. 나는 사내를 향해 팔을 벌렸다. 사내는 몸을 일으켜 세우며 희멀겋게 웃었다. 어떤 메시지를 담기에는 얼굴이 너무 일그러져 있었다.

　사내를 태우고 집으로 온 그날, 사내와 나는 종일 잠을 잤다. 뒤늦게 잠에서 깨어난 사내는 물을 찾았고, 나는 냉장고에서 주스를 꺼내 플라스틱 컵에 부어 건넸다. 사내의 얼굴을 쳐다보았다. 그것도 모자라 어깨를 낮춰 두 눈을 사내의 얼굴 깊숙이 들이밀었다. 사내의 눈 안은 어둠침침했다. 마치 동굴처럼, 내가 사내에게 말을 걸면 메아리가 되어 한참 후에나 돌아 들려옴 직해 보였다. 뭔지 잘은 모르지만 등에 익숙하지 않은 것들이 배겨 허리가 아프다고 투덜거리던 사내는 자신의 집으로 돌아가겠다고 말했다. 나는 사내의 팔을 끌며 며칠만 내 집에서 머물 것을 부탁했다. 사내는 나를 쳐다보았다. 나는 사내의 시선을 피한 채 창밖을 내다보았다. 창밖은 계단투성이었다. 빽빽하게 들어선 집 좌우로 물고랑처럼 작은 계단이 놓여 있고, 계단을 한참 따라가면 길이 나왔다. 그 길에서 울려대는 경적 소리는 마치 장난감 차가 뻭뻭거리는 소리처럼 비현실적으로 들렸다. 사내는 고개를 끄덕이며 그렇게 하겠다는 시늉을 했다. 나는 어깨를 두어 번 두드려주었다. 그리고 대충 밥상을 차려 사내에게 내밀었다. 사내는 생각보다 조심스럽게 수저를 움직였다. 물을 마시고, 담배를 꺼내 물었다. 사내의 뒷모습은 책 모서리처럼 가지런했다. 담배 연기가 사내의 머리카락 사이로 스며들었다. 그러더니 얼굴을 돌려 날 쳐다보았다.

「무슨 일을 하시는지요?」

처음에 나는 정중하게 말했다. 사내는 어젯밤에 일어난 이야기를 나에게 들려줬다. 오랜만에 친구와 약속을 했는데 친구는 나오지 않았다. 혼자 술을 마신 후 밖으로 나가보니 이미 어둠이 세상 모든 그림자를 다 지운 뒤라 가로수에 기대 담배를 한 대 피웠는데 더 이상 할 일이 없는 것처럼 느껴지더라. 작동이 멈춰버린 기계처럼 말이다.

「계란을 팔아요!」

「계란?」

나는 납입금만 맞추고 집으로 돌아와 사내와 함께 시간을 보냈다. 처음 만난 사람들이 술자리에서 으레 그렇듯 자신이 가장 먼저 상대편에게 말해주고 싶은 이야기들, 그다음, 그다음……, 순서대로 나는 사내의 이야기를 경청했다. 경기도 가평이 고향인 사내와 그의 아내는 양계장을 운영하는 이종사촌 형으로부터 계란을 받아 1톤 트럭에 싣고 서울의 골목이란 골목은 안 가본 곳이 없을 정도로 누비고 다니며 장사를 했다. 트럭에 앉아 골목을 보고 있자면 그 골목에 대문들이 그리 아름답게 느껴질 수가 없었다. 곳곳에 집을 짓고 사는 것이 한편으론 눈물겹고 또 몹시 부럽더라고. 그래서 한 번쯤은 아내의 손을 불끈 쥐어준 적도 있었다고. 하지만 그런 날들이 반복되면서 이 계란이란 놈이 사내의 삶을 일시에 부상시켜 대리석으로 쌓아

올린 담장 안에 화단이 조성되어 있는, 아주 오랫동안 봐온 청파동의 그 집까지 옮겨놓을 수 없다는 사실을 깨달았을 때, 아내가 가출을 했다고. 사실 그것은 사내가 처음 이종사촌 형이 운영하는 양계장에 갔을 때 막 낳은 계란을 손바닥에 올려 만지고 있던 순간부터 알고 있었던 일인데, 아내가 떠나고 나니 새삼 그런 사실을 숨기고 있던 자신이 그럴 수 없이 홀가분해졌다고. 이야기를 여기까지 듣고 나는 이 측은한 사내를 감싸 안았다. 태양이 내리쬐는 거리 한복판에 먹다 버린 아이스크림처럼, 사내와 나는 그리 넓지 않은 방에 누워 꿈틀거렸다. 발가락이 서로 닿고, 사내의 손이 내 머리카락과 얼굴과 목과 등을 쓰다듬었다. 8월이었다. 땀이 손가락 사이로 밀려 물처럼 흘러내리는 오후 2시. 내 시선이 사내의 시선과 부딪혔다. 새벽까지 운전을 하고 충혈된 나의 눈을 보니 가시에 찔리는 것처럼 따가운 모양이었다. 사내는 눈초리를 내리깔며 내 어깨를 만지작거렸다. 그때 내 머릿속은 온통 하얀빛으로 충만해 있었다. 그 하얀색에 대해 나는 많은 것을 알고 있었다. 살다 보면 변명이 필요할 때가 있었다. 특히 융통이 잘 되지 않아 갚을 돈을 며칠 뒤로 미뤘을 때, 그때, 그 며칠이라는 이름의 숫자를 향해 저돌적으로 달려가고 있는 나라는 인간은 눈에 보이지 않을 만큼 하얗다. 그때 흘려야 할 땀도 하얗다. 눈물은 눈으로 볼 수가 없을 만큼 하얗다. 이러한 밤은 낮처럼 하얗다. 별은, 달은, 옥상에 서 있는 십자가는 하얗다. 서 있는 자신의 모습도 그 자리에서 한 줌의 소금처럼 희디흰 색을 띠고 있다. 고등어 한 마리를 사다가 도마 위에 올려놓고 칼을 어깨 높이만큼 들어 올린 후 내려칠 때, 이혼한 아내의 얼굴과 이 고등어란 놈이 누볐을 바다가 동시에 떠오르면서 머릿속이 온통 하얗다. 하얀 포말 속으로 아내의 웃음소리가 들썩이고, 고등어의 피가, 내장이 들썩였다.
「파산인가?」
나는 사내의 심중을 꿰뚫었다.
「그렇지. 당신, 당신 마누라는?」
처음으로 사내가 내 이야기를 듣고자 하였다.
「내일 같이 택시 드라이브나 하지?」
「좋아.」

다음 날 나는 사내를 태우고 하루 종일 운전을 했다. 사내는 무척 신나는 일이라고 말했다. 하지만 갈수록 따분한지 이빨로 손톱을 물어뜯기 시작했다. 사내가 보기에는 내가 하루 종일 어디로 가야 할지 모르는 채 도시를 빙빙 도는 것처럼 보였을 것이다. 누군가 손을 들면 그 사람을 태워 그 사람의 목적지까지 가는, 나는 이런 일에 이력이 났지만 사내는 처음이었다. 나는 사람을 구경하며 달렸다. 나에게 손을 흔드는 사람 앞에 택시를 세우고, 택시에 탄 사람의 행선지를 묻고, 그 행선지를 향해 달렸다. 택시 기사가 그런 직업이었다. 대열을 맞춰 어디론가 떠밀려가는 것. 내 주관과는 상당히 다른 곳에서 길을 헤매기도 하고, 의지와는 달리 어느 알지 못하는 아파트 단지를 몇 번씩이고 빙빙 돌 때도 있었다. 그렇게 길을 헤매면서도 나는 입을 굳게 닫고 있었다. 좀체 입을 열지 않은 내 내면에는 내가 생각지도 않은 이야기들이 꾸며지고 있었다. 그것의 대부분은 내 차의 두 바퀴가 사내의 몸을 지나가는 것, 날선 칼이 사내의 옆구리를 관통해 내 손바닥에 따뜻한 피를 적셔주는 것이었다. 이 이야기의 전제는 사내의 나약함에 있었다. 들은 이야기로 보아 사내는 이 사회에 그 어떤 인연의 끈도 없는, 끈 떨어진 풍선에 불과했다. 며칠만 더 집에 머물게 한다면 사내의 집은 도시가스가 끊길 것이고, 전화며, 수도며, 살아가는 일에 관계할 수밖에 없는 것들이 사내를 놓아버릴 것이었다. 이쯤 되면 텅 빈 집 안에 먼지가 뿌리를 내릴 것이며 조용히, 사내는 그 속에 묻혀 사람들의 관심 밖으로 멀어질 것이었다. 누군가 날 향해 칼을 움켜쥐고 서성이는 이 순간, 내가 이 사내를 죽인다면, 분명 이 세상에서 죽어 마땅한 저열한 인간으로 내가 지목되지는 않을 것이었다. 내 칼에 쓰러진 이 사내를 보라며, 내 주위를 서성거리는 그 누군가와 바지를 내리고 사내를 향해 같이 오줌을 내갈길 수도 있을 것이었다. 상상이 가지고 온 긴 침묵, 사내는 이것이 두려운 모양이었다. 사내는 나에게 내가 사는 집으로 데려다달라고 말했다. 나는 핸들을 돌려 집 앞까지 데려다주었다. 집으로 온 사내는 잘은 모르지만 나의 이런 덕행이 곧 악행으로 치달을 것 같은 좋지 못한 예감이 든 모양이었다. 사내는 지나

가는 말로 여길 몰래 빠져나간다면 자신이 비겁한 놈처럼 보이
겠지 하고 자조 섞인 목소리로 말했다. 나는 가만히 있었다. 사
내가 창문을 활짝 열었다. 나는 냉장고 문을 열었다. 며칠 전에
사온 감자에서 싹이 돋아나 있었다. 감자는 온몸이 뿌리였고,
온몸이 잎사귀였다. 그래서 감자란 놈은 온몸으로 자신을 땅 위
로 들어올렸다. 내 몸에도 어떤 덩어리가 만져졌다. 그것은 어
떤 욕구, 욕망이 뭉친 것이었다. 누군가로부터 내 삶을 증명해
보여야 한다는, 삶에 대한 간절한 충동이었다. 이것은 또 살해
에 대한 충동이기도 했다. 이런 욕구, 욕망이 아팠다. 고통이었
다. 죽이지 못하면 죽는 자의 고통이었다. 고통으로 나는 겨우
몸을 지탱하는 꼴이었다.

3주

　길을 지나가던 취객이 내 얼굴에 침을 뱉은 건 이때쯤이었다.
버스가 다니는 큰길에서 내 방까지 오자면 20분 넘게 걸어야 했
다. 그리고 내 방 앞에서 골목 정상까지 가자면 또 10분 정도
걸어야 했기에 사람들은 내 집 앞에 놓인 의자에 앉아 잠시 쉬
었다. 그렇다보니 술 취한 사람들은 반지하방인 내 방을 향해
오줌을 눴고, 그 현장을 물끄러미 보고 있던 나에게 침을 뱉는
것도 그들로서는 있을 수 있는 일이었다. 나는 두 팔로 창문을
붙들었다. 세상을 향해, 사람들을 향해 창문을 집어던질 기세였
다. 하지만 나는 울분을 속으로 삼킬 줄 알았다. 나는 사내에게

발목을 주물러달라고 말했다. 나를 위해 사내가 해줄 수 있는
위로 중 유일한 것이었다. 그날 밤, 사내와 나는 나란히 잠자리
에 들었다. 나는 취객이 뱉었던, 더러운 침이 묻었던 곳을 손바
닥으로 덮고 있었다. 그곳이 화인(火印)처럼 도드라졌다. 사내
는 잠이 들어버렸다. 시간이 흐를수록 그 자리가 아팠다. 내가
짐작하는 환부를 어느 날 의사가 손가락으로 가리켰을 때, 그
아픔이 사실로 인정받으면서 비로소 느껴지는 그런 통증이었다.
나는 누군가로부터 위로받고 싶었다. 그래서일까. 갑자기 사내
가 눈을 떴을 때, 나는 자위를 하고 있었다. 내 어깨가 조금씩
흔들리면서 스스로 내 가련한 육체를, 삶의 고통을 위로하는 모
습에서 사내는 궁지에 내몰린 내 슬픈 일면을 엿보았다. 사내는
이대로 간다면 나라는 독충에 의해 고사되어버릴 것만 같다고
생각했는지 이불을 걷어내고 나의 움츠린 몸을 형광등 아래에
까발렸다.

「날 왜 데리고 왔지?」

불식간에 일어난 일이라 나는 어안이 벙벙한 상태에서 부스
스 일어나 담배를 빼물었다.

「당신은 위험해.」

나는 사내를 잘 요리하고 있었다. 나는 이 세상에서 가장 불
안한 존재, 사내를 죽이기 위해 팔을 걷어붙인 사람들이 도시를
쓸쓸하게 배회하고 있을 것이라고 말했다. 정말 그럴까? 우두
커니 날 쳐다보는 사내의 모습은 처음 볼 때와는 사뭇 달랐다.

검은 눈썹, 움푹 팬 두 눈, 눈초리 쪽에 선 핏발은 눈동자를 찌르고 있었다. 또 화살 코에, 아랫입술이 윗입술을 살짝 덮었고, 귀밑으로 짙은 그림자가 마치 잘 달구어져 검은색을 띠기 시작한 흉기처럼 보였다. 다시 잠을 자기 위해 누웠지만 두 사람 모두 몸속으로는 까만 눈을 뜨고 있었다. 그날 밤은 길었다. 아주 사소한 움직임마저 감지되는, 두 사람 사이에 화력 좋은 폭약이 장치되어 있는 것만 같았다. 그런 상태에서 만약 두 사람 중 누군가가 뇌관을 건드렸다가는 무슨 일이 발생할지 아무도 알 수 없었다. 나는 열어놓은 창문으로 밤공기를 호흡하며 애써 몸속의 고통을 환기시키고 있었다. 마치 어둠이라는 시약에 달이라는 알약을 녹여 링거주사를 맞는 듯. 바람이 한 차례씩 창문을 넘어서면 나는 긴 한숨을 토해냈다. 원시인들이 인육을 먹음으로서 그 사람의 영혼을 획득하고 그 사람을 마침내 정복했다고 느꼈던 것처럼 사내를 통해 내 존재를 확인받고 싶었다. 여기에 약간의 밤공기가 조력자의 역할을 한 것도 사실이었다. 거대한 가마솥의 뚜껑처럼 모든 것을 덮어버릴 수 있는 어둠, 최음제처럼 들이쉴수록 가슴을 팽창시켜 심장의 맥박수를 늘이는 눅눅한 공기가 내 몸을 일으켜 세웠다. 그러면서 내 팔이 사내의 팔을 눌렀다. 그 작은 행위 하나가 사내와 내가 그동안 묵혀두었던 뭔가를 증폭시키는 계기였나 보다. 누구랄 것도 없었다. 내가 몸을 일으켜 세우는 순간 사내도 기계처럼 몸을 일으켜 세웠다. 상대는 너무나 뻔했다. 나는 사내에게 주먹을 날렸고, 사내

174

는 넘어지면서 다리로 배를 찔렀다. 아주 오랫동안 적체되어 있
던 분노가 일시에 서로의 몸을 향해 날아갔다. 마치 개처럼, 나
는 사내의 목을 물어뜯었다. 어깨로 내 눈두덩을 사정없이 내갈
긴 사내는 내 배를 향해 셀 수 없이 많은 주먹을 날렸다. 그로
인해 몸이 눈에 띄게 수그러들면서 나는 고꾸라졌다. 나는 비열
하게도 사내의 성기를 잡아당기면서 역전의 기회를 잡았다. 끊
어질 듯한 통증을 참으며 사내는 한쪽 발로 내 머리통을 날렸
다. 상당한 통증이 온몸을 부들거리게 했다. 이유를 알 수 없는
증오가 소름처럼 돋아나기 시작했다. 한 사람이 필시 죽어야 끝
나는 싸움처럼 처절했다. 대신 싸움이 시작되면서 약속이라도
한 듯 두 사람은 입을 닫았다. 간혹 존재하는 자가 신(神)에게
보내는 신호 같은, 비명만이 입에서 새어나올 뿐이었다.

　싸움은 동이 터오면서 끝났다. 싸움으로 방이 엉망이 되어버
렸다. 냉장고에 있던 김치 통이 쏟아지면서 방에 쉰내가 들끓었
다. 이것은 상처로 인한 고통보다 열 배 백 배 더 감당하기 힘
든 것이었다. 그리고 방 안으로 빛이 들어오면서 적나라하게 드
러나는 상대방의 얼굴이 모든 의욕을 상실케 했다.
「왜 그러는 거야?」
얼굴을 씻고 들어온 나의 첫마디였다.
「넌 왜 그래?」
이 싸움의 핵심은 여태껏 서로에게 큰 위안이 될 존재로서 암

묵적으로 같이 어울렸다면, 이젠 서로를 위안 이상의 무엇, 즉 몸 안에 들붙어 비타민을 도둑질하는 기생충과 같은 것으로 보고 죽이는 것이었다. 나는 이 사건의 핵심을 피해가려 했다.

「내가 올 때까지 기다려도 좋고, 없어져도 좋아!」

문을 나서면서 내가 한 말이었다. 사내는 기다랗게 번지는 햇살을 받으며 나른하게 누워 있었다.

나는 오후 4시가 되어 집으로 돌아왔다. 집으로 온 나는 신발을 벗은 후 방으로 들어오지 않고 문 앞에 서 있었다. 냉랭한 기운은 지난밤보다 한층 누그러져 있었지만 서로의 눈에 선 핏발과 몸 곳곳에 난 상처는 더욱 선명해져 있었다.

「왜 안 갔지?」

「왜 왔지?」

「내가 살던 곳이니까. 나갈 테면 니가 가야지!」

「널 기다렸어!」

「그래?」

나는 몸을 흔들며 웃었다. 그리고 순식간에 웃음을 감싸듯 문 앞에 걸려 있던 수건으로 사내의 목을 묶어버렸다. 사내의 목을 묶는 데 성공한 나는 의자에 앉아 다리를 사내의 머리 위에 올려놓았다.

「개새끼.」

내가 뱉어낸 개새끼는 사내를 두고 한 말은 아닐 테다. 누구나, 지금 이 지구상에 공기를 마시고 있는 모든 사람들을 지칭

하는 말이다. 그런데 사내는 아주 오랫동안 개새끼라는 말에 대꾸하지 않았다. 사내는 자기가 봐도 자신이 사람인지 개인지 분간이 안 되는 모양이었다. 배는 약간 나와 있고 어깨는 축 처져 있고 말까지 약간 더듬거리는데다, 아내는 가출을 한 상태가 아닌가. 낑낑거렸다. 나는 어젯밤처럼 사내의 몸에 흠집을 내지 않았다. 나는 문 앞에서 사내에게 보여준 웃음을 유지한 채 사내를 일으켜 세웠다. 내 손이 움직이는 대로 사내는 순순히 응했다. 사내를 데리고 철물점에 갔다. 나는 사내에게 좋은 칼 한 자루를 선택하라고 말했다. 사내는 내가 왜 자신에게 칼을 사라고 하는지 묻지 않았다. 집으로 온 나는 칼을 신문지에 둘둘 말아 밥솥 안에 넣고 두 다리를 사내의 머리 위에 올려놓았다. 나는 아주 피곤했다. 내 두 발이 머리를 짓누르는 그 힘은 아마 어느 날 갑자기 받은 전화 한 통으로 인한 나 스스로에 대한 의구심의 무게이자 사내를 죽인 이후 새롭게 복원할 의욕, 욕구, 욕망의 무게였으리라. 바싹 마른 샘 바닥을 놋그릇으로 긁을 때 들을 수 있는 쇳소리 같은 목소리로 나는 사내에게 옛날이야기 한 토막을 들려주었다. 초등학교 2학년 때였다. 감기에 걸려 정신을 잃고 누워 있던 나는 어머니의 치마를 꼭 쥐고 있었다. 그런데 다시 정신을 차렸을 때 어머니는 집 어디에도 없고 치마만 남아 있었다. 어머니가 삶아 놓은 계란 한 바구니. 나는 삶은 계란을 마룻바닥에 깨 먹으면서 자꾸만 목이 멨다. 계란을 먹고 또 먹으면서 나는 한 존재가 가장 가치 있게 생각하는 대상을 체념함으로써 슬픔이 계란 껍데기처럼 마룻바닥에 나뒹구는 것을 배웠다고 말했다. 그리고 어머니가 죽은 뒤 내 몸에 새 싹이 돋는 것을 봤다고 말했다.

「난 네가 생각하는 것같이 만만한 놈이 아냐!」

사내의 말이었다. 나는 밥솥 안에서 칼을 꺼냈다. 사내가 고른 날카로운 칼이었다. 술에 취해 횡단보도에 누워 있다가 어느 날 식칼에 찔려 죽다니. 사내는 눈물 같은 것을 흘렸다. 쉑쉑거리는 호흡들이 얼마나 부질없는 것인가를 사내는 곧 알게 될 것이었다. 그리고 싸늘하게 식어갈 것이었다. 그때쯤이면 사내는 자신의 몸을 향해 이래라 저래라 명령할 수 없을 것이었다. 나는 발에 힘을 늦추지 않았다. 내 계획은 큰 오차 없이 차근차근 진행되는 것처럼 보였다. 칼은 푸른빛을 띠고 있었다. 한 손엔 칼을 들고, 다른 한 손으로 사내의 웃옷을 벗겼다. 사내는 서늘한 느낌에 꿈틀거렸다. 오줌을 약간 지린 것도 같았다. 이제 정말이지 죽는구나 하고 생각하는지 피곤한 개들이 담벼락 밑에서 제 몸을 핥듯 사내는 혀로 어깻죽지를 핥았다. 사내는 오후 4시의 쓸쓸한 빛을 빨대로 흡입하듯 간신히 공기를 들이마셨다. 그리고 인생의 악센트랄까 느낌표랄까 뭐 그런 감정을 게워내기 위해 내게 담배 한 대를 피우고 싶다고 말했다. 애초에 나는 선한 사람이었다. 나는 책상에 놓인 담배를 집어오기 위해 일어섰다. 그 짧은 순간 사내는 몸을 일으키려고 한쪽 팔로 바닥을 짚었지만 그동안 경직되어 있던 사내의 몸은 이미 자신의 의지

밖에 있었다. 노쇠한 짐승처럼 사내는 고꾸라지고 말았다. 하지만 사내의 시선은 예민했다. 책상 위에 놓인 담배를 집는 나의 동작 하나하나를 민활하게 관찰하고 있었다. 나는 담배를 들고 잠시 창밖을 주시했다. 창문을 주시하는 것은 나의 버릇이었다. 대략 2초에서 4초 사이. 사내는 그 시간의 소중함을 조용히 자신의 몸에게 타일렀다. 그 짧은 시간이면 인생을 전환시키고 남을 시간이라고. 그랬다. 나는 버릇대로 창문 앞에서 주춤거렸다. 창밖에는 가로등이 있었고, 십자가가 있었고, 개들이 끌고 다니다가 벗어놓은 개 줄이 버려진 의자 다리에 감겨 있었다. 사내는 기민하지 못한 자신의 몸에 탄식했으나 다음, 그다음 내 행동을 일찌감치 간파하곤 슬슬 몸이 움직이는 것에 감사하며 환호성을 질렀다. 그 소리가 얼마나 컸는가에 대해서는 내가 알 겨를이 없었다. 다만 내가 사내의 얼굴을 보며 약간 뒤로 물러섰다는 것, 내 오른손에 들려 있던 칼이 순식간에 사내의 왼쪽 손아귀로 옮겨갔다는 것, 내 몸에 서려 있던 열기를 사내의 몸이 제압했다는 사실이 놀라울 뿐이었다. 그와 동시에 내 옆구리로 칼이 핏줄을 끊으며 파고 들어갔다. 나는 치과에서 이를 뽑을 때처럼 인상을 찡그렸다. 그뿐이었다. 일단 저질러진 일에 나는 순순히 체념했다. 천천히, 나는 칼이 들어간 옆구리로 얼굴을 돌렸다. 칼의 3분의 1이 들어와 있었다. 나는 아, 소리를 내면서 공처럼 몸을 말았다. 몸을 움직이자 피가 솟구치기 시작했다. 광장에 비둘기들이 순간적으로 날아오르듯 내 피는 어깨

높이까지 솟구쳤다가 몸을 붉게 물들였다. 나는 생각했다. 나를
지목한 그 누군가의 말이 사실이 아닐까. 내가 이렇게 보잘것없
다니.

4주

피곤했다. 잠자는 사이에도 내 몸에서는 피가 흘러나왔다.
숲 속의 어린 사슴이 작은 상처로 인해 시름시름 앓다가 죽어가
는 모습 같았다. 그래서인지 사내는 별 경계를 하지 않았다. 내
가 이미 이 세상과 저 세상의 경계에 도달해 있다고 판단해서일
것이다. 어둠을 배경으로 무력한 한 인간의 실루엣이 천천히 쓰
러져갈 때 사내는 내 몸속에 아직 마르지 않고 달그락거리는 욕
망을 엿볼 수 있었다. 낮잠을 자고 일어난 것처럼 나는 몸을 일
으켜 세워 없던 일로 하자며 사내에게 제안을 했다. 칼에 찔린
고통 따위는 없어 보이는, 너무나 자연스러운 모습으로 말이다.
또 나라는 인간이 원래가 못돼먹어서 내 아내는 도망을 갔고,
아버지도 도망을 갔는데, 살다 보니 내가 그들로부터 도망을 다
니더라고, 나쁜 종자가 분명하다고 나는 사내에게 빌었다. 이
얼마나 우스꽝스럽고 어처구니없는 일인가. 사내는 주먹으로
내 배를 쥐어박았다. 다시 꼬부라진 내 긴 목 위에 사내는 발을
올려놓았다. 승자의 경건한 의식과도 같았다. 그리고 발밑에 엎
드려 있는 나를 보면서 사내는 살인에 대한 충동을 느낀 모양이
었다. 사내는 이 충동을 나의 귀에 대고 속삭였다.

180

「난 이겼다구. 널 이겼어!」

나는 노랗게 얼굴빛이 달라지다가 다시 파랗게 변했다. 그
후 나는 말을 하지 않았고 눈마저 감아버렸다. 오래전 지긋지긋
하던 내 삶의 풍경들이 희미하게 내 머릿속으로 그려지기 시작
했다. 배고픈 개처럼 빵 가게 환풍기에서 뿜어져 나오는 달콤한
냄새에 팔짝팔짝 뜀박질을 하며 환풍기 속을 구경하던 옛 추억
에서부터, 아내가 집을 나가면서 지겨운 놈이라고 한 후 문짝을
뜯어버려서 문짝 대신 이불을 걸어놓고 잠을 자던 것까지. 내
피는 사내는 물론 내 몸까지 따뜻하게 물들였다.

사흘째 되던 날부터 내 몸에서 매콤한 냄새가 나기 시작했다.
그것은 금방금방 악취로 변해 방 안을 가득 채웠다. 피는 굳어
검게 변했으며 창문을 열지 않으면 숨이 막혀 내가 죽을 것만
같았다. 하지만 사내는 텔레비전을 켜놓고 마감 뉴스며, 내일의
날씨까지 꼼꼼하게 봤다. 시간이 갈수록 내 죽음을 통해 희박해
져가던 사내의 삶을 복원시켜주고 있다는 생각이 지배적이었
다. 한 인간의 복원된 삶을, 또는 개인의 죽음을 이처럼 명쾌하
게 보여줄 수 있을까. 사내는 내가 다니던 택시 회사로 갔다.
지난번에 나와 같이 찾아간 일이 있기에 회사에서는 별다른 의
심 없이 택시를 빌려주었다. 사내는 택시를 몰고 집으로 와서
나를 옆 좌석에 앉히고 안전벨트를 채웠다. 죽음 앞에 놓인 나
를 어디에 가져다놓아야 할지 잠시 생각하다가 사내는 한강 변

으로 차를 몰았다. 사내는 최신가요 테이프를 밀어 넣었다. 경쾌한 음악이었다. 룸미러에 비친 사내의 표정은 아주 건전한 일을 하러 가는 사람같이 보였다. 마치 식목일에 나무를 심으러 가는 것처럼. 많은 사람들이 강변에 서성거렸다. 강을 보며 걷는 사람들, 땅을 보며 걷는 사람들의 머리 위로 태양이 무겁게 떠 있었다. 사내는 강변 주차장에 차를 세웠다. 그리고 은색 돗자리를 들고 강가로 걸어갔다. 아무도 사내에게 주의를 기울이지 않았다. 사내는 강물이 내려다보이는 곳에 돗자리를 깔고 누웠다. 강렬하게 쏟아져 내리는 햇빛에 눈을 뜰 수 없었다. 땀이 등골을 타고 흘러내렸다. 다시 택시로 온 사내는 나를 업었다. 나는 어린아이처럼 두 팔을 그의 어깨에 걸친 채 손을 흔들며 좋아했다. 사내는 강변에 깔아놓은 돗자리 위로 나를 내려놓고 그 옆에 누웠다. 지나가는 사람들이 흘끔 쳐다보곤 깔깔거렸다. 그러고 보니 내 팔 위에 사내의 머리가 놓여 있었다. 나의 두 팔을 가슴께로 모아 주고 사내는 근처 전화 부스로 걸어갔다. 사내는 수화기를 들고 동전을 넣었다. 진지하게, 고개를 끄덕이며 통화를 하고 있던 사내가 힘없이 수화기를 놓고 걸어 나왔다. 그리고 다시 내 팔에 자신의 머리를 올려놓고 내 귀에 나직이 속삭였다.

「그런 텔레비전 프로는 없대……」

사내는 히죽 웃으며 일어서서 택시로 돌아갔다. 파리 떼의 윙윙거리는 소리가 환청처럼 들렸다. 천천히, 사내는 고층빌딩

뒤로 비스듬히 지나가는 태양을 향해 무섭게 액셀러레이터를
밟았다. 그날 밤, 아마 사내는 텔레비전에 나온 나를 봤을 것이
다. 카메라 주변으로 모여든 사람들, 사람들은 저마다 나의 죽
음에 대해 토론을 하고 있었다. 나를 중심으로 둥글게 모여 나
에 대해, 사내에 대해, 나의 죽음에 대해 이야기를 하고 있었
다. 이 사람들을 배경으로 서 있던 아나운서가 목격자 한 사람
을 데리고 와 인터뷰를 했다.
　「택시 운전사가 손님을 업고 와선 돗자리에 눕히더니만, 아
주 오랫동안 이야기를 주고받았습니다. 그러더니 둘 중 한 사람
이 택시를 타고 가버리더라고요.」

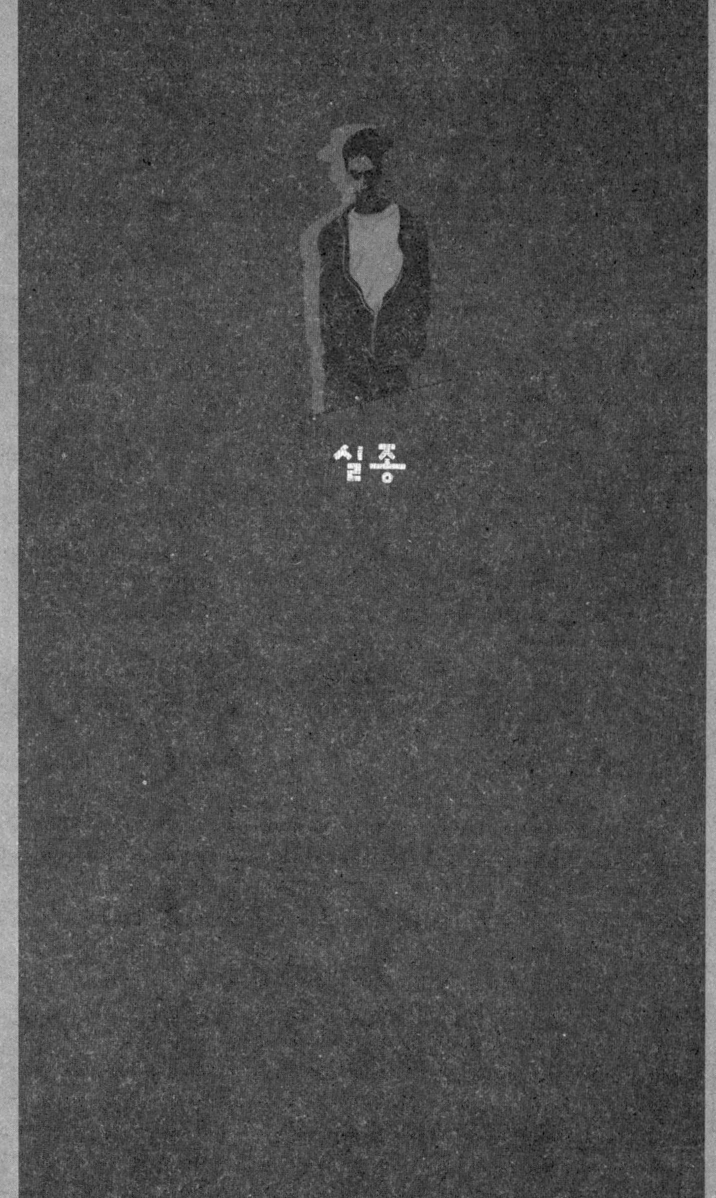

실종

1

아내가 실종되었다는 사실을 최종적으로 통보해준 사람은 심부름센터 직원이었다.

「찾아볼 만큼 찾아봤습니다.」

심부름센터 직원의 전화를 받고 있는 동안, 高의 모니터에는 검은색 가오리 한 마리가 살랑살랑 지느러미를 흔들며 떠다니고 있었다. 컴퓨터 스크린 세이버였다. 高는 전화기를 내려놓고 슬그머니 서랍 안에서 담배를 꺼내 입에 물었다.

「사무실에서 그, 뭐 하는 짓인가?」

파티션 너머 담배 연기를 보고 박 과장이 다가왔다.

「아내가 실종되었답니다.」

「실종?」

아내의 실종이란 말에 잠시 멈칫거리던 박 과장이 이제 어쩔 셈이냐고 물었다. 高는 지금 당장 집으로 가봐야 되지 않겠냐고 말했다. 박 과장이 高의 얼굴을 쳐다보았다. 마른 물고랑으로 막 들어서는 저수지의 물처럼 高의 넓은 이마에 주름들이 자글자글 모여들었다.

「내일 출근할 수 있지?」

「실종이라지 않습니까? 두루마리 화장지를 사러 잠깐 슈퍼에 간 것이 아니고 영문 없이 사라져버린 것입니다.」

「무슨 말이 그래?」

박 과장이 붙들고 있던 파티션을 잡고 흔들었다. 파티션이 흔들리면서 파티션 위로 직원들의 얼굴들이 하나둘 나타났다.

「가출과 실종은 다르지 않습니까?」

「맘대로 하게!」

모니터에 다시 검은색 가오리가 떠다니기 시작했다. 가오리가 모니터 구석을 어슬렁거리며 헤엄치는 동안 高는 담배를 두 대 더 피웠다.

高가 의자에서 일어섰을 때는 점심시간이었다. 사무실에는 혼자였고, 파티션 너머 예닐곱 개의 모니터에 가오리가 헤엄 치고 있었다.

구름 한 점 없는 맑은 날씨였다.

은행에 들러 현금 서비스를 받고, 회사 근처 식당에 들러 며칠 전에 시켜 먹은 음식 값을 계산했다.

식당에서 나온 高는 잠시 차량들로 빽빽한 4차선 도로를 쳐다보았다. 생각해보면 아내는 지구 반대편인 페루나 칠레 등지에서 누군가에게 길을 묻고 있을 수도, 길 건너 유명한 바비큐집 뒤뜰에서 첫사랑과 만나 나른한 오후를 즐길 수도 있었다. 高의 시선 밖으로 밀려나 있다고 그것을 실종이라고 말할 수는 없었다. 高 역시 컴퓨터 DEL 키를 누르듯 깨끗이 삭제된 하루, 그 안에 바닷물을 채우고, 그 속으로 풍덩 뛰어들고 싶었던 적이 한두 번이 아니었다. 그래서 오래전부터 틈틈이 스킨스쿠버를 배웠고, 차 트렁크에는 잘 닦인 스킨스쿠버 장비가 갖추어져 있었다. 일을 하다가, 커피 자판기에서 커피를 뽑아 물끄러미 창밖을 보고 있다가 마술처럼 홀연히 사라져버리는 일. 이것을 두고 사람들은 실종이라고 말을 할 것이고, 사람들이 자신을 찾기 위해 야단법석을 떠는 그 순간 高는 갑자기 주어진 시간을 주체하지 못해 전전긍긍할 것이었다.

이쯤에서 高는 생각을 접고 회사 지하 주차장에 주차되어 있던 자신의 97년식 누비라에 올라탔다. 그리고 지상으로 올라와 납작납작하게 보이는 차들 사이를 마치 가오리가 수초를 지나가듯 지그재그로 빠져나갔다.

열어놓은 비좁은 차창으로 바람이 밀려왔다. 高는 팔을 뻗었다. 마치 강을 거슬러 오르는 물고기처럼 高는 손바닥으로 바람을 쓰다듬었다.

집으로 오는 동안 高는 사무실 모니터에 붙들려 있는 가오리가 자신과 닮은 구석이 있다고 생각했다. 사방이 통유리인 사무실은 영락없는 수족관이었고, 그 안에서 수초와 같은 책상에 앉아 모니터와 싸워야 하니 그렇게 생각하는 것도 무리는 아니었다. 진화 원리에 의하면 인간에게도 날개라든가 지느러미 같은 게 있었다고 하지 않던가. 새의 날개처럼 당장 땅을 박차고 창공으로 솟구치는 것은 아니지만 인간에게는 사라진 날개와 지느러미에 대한 꿈은 충분히 꿀 수 있는 권리가 있다고, 그 꿈은 바로 아내가 실종된 지금, 그러니까 어떤 방조를 통해 만끽할 수 있다고 高는 생각했다.

집으로 온 高는 소파에 앉아 텔레비전을 봤다. 잠옷 광고였다. 남자와 여자가 커다란 속옷 하나에 들어가 있었다. 그들은 자루같이 생긴 속옷 안에서 네 개의 다리와 네 개의 팔로 훨훨 날고 있었다. 高도 제자리에서 두 팔을 벌려 휘휘 저었다. 그것은 피에로의 그것처럼 슬픈 동작이었다. 쇼윈도 안에서 옷을 갈아입기 위해 발가벗은 채 우두커니 서 있는 마네킹처럼 高는 거실 한복판에 서 있었다. 아내는 실종되었다. 심부름센터에서 나온 사람들에게 집 열쇠 꾸러미를 주며 샅샅이 찾아보라고, 아내의 앨범과 전화번호부가 적힌 수첩을 건네며 연락이 닿을 곳은 모조리 다 알아보라고 하지 않았던가. 그들마저 실종이라고 한 이상 高가 집으로 올 까닭이 없었다.

高는 구두 뒤축을 구겨 신고 밖으로 나왔다.

집집마다 하나씩 올려놓은 노랗고 파란 물탱크들이 그날따라 탐스런 과일처럼 보였다.

배가 출출했다. 골목 입구에 있는 슈퍼마켓으로 가서 사이다와 빵을 사먹은 高는 꼬리뼈 근처가 가려웠다. 어딘가 유속이 느껴지는 것도 같아 두리번거리기도 했다. 골목을 따라 즐비하게 서 있는 집, 집집마다 창틀에는 태양이 걸터앉아 있었다. 창 안을 들여다보면 창 안쪽으로 장롱이 있고, 반쯤 열려 있는 장롱 안에는 빛줄기가 나무토막처럼 서 있을 것이었다. 침대 위에 벗어놓은 잠옷들은 바닥으로 흘러내려 침대에 기대어 있고, 텔레비전 위 컵 속의 양파는 하얀 뿌리를 컵 밖으로 슬슬 뻗어낼 것이었다. 여기까지.

高는 두 팔을 앞으로 쭉 뻗어 공기를 갈랐다. 모니터에 느릿느릿 헤엄치고 있는 가오리가 실재하는 바다를 만난 것처럼 高는 불시에 자신에게 주어진 하루가 더없이 광활하게만 느껴졌다.

승용차 트렁크를 열어보았다. 잘 닦인 스킨스쿠버 장비들이 한눈에 들어왔다. 온갖 잡념들을 한순간에 잊어버릴 수 있는 흔치 않는 기회였다. 어디로 가나…… 高는 잠시 생각에 잠겼다. 동해로 가기에는 너무 멀었고, 북한강 쪽은 보는 눈이 많았다. 다이빙할 곳은 차를 타고 가면서 결정하기로 하고, 일단 차를 몰았다.

골목을 빠져나가자 밀려 있는 차량들의 대열이 보였다. 高는 밀려 있는 차량들의 꽁무니로 가서 대열에 합류했다. 밀리기만 하던 차량들이 하나둘 옆길로 빠져나가면서 高가 몰고 있는 누비라만 외곽으로 접어들었다.

차에 속도가 붙자 차창 밖으로 건물들이며 바람이 시원스레 비켜 나갔다. 이 바람과 반대 방향에 아내와 박 과장이 서 있다고 믿었다. 그들과 점점 거리가 멀어질수록 심장이며, 허파, 콧구멍이 팽창하고 있었다. 기분 좋은 일이었다. 가로수 밑 그늘에서 아주 유치한 일을 하며 혼자 시간을 보내고 싶은 생각, 이를테면 노인들이 두고 있는 장기판에 훈수를 두고 싶었다. 명민함에 찬사를 보내거나 경멸에 침을 튀기거나 우울과 권태와 불행을 죽은 동태처럼 눈을 뜨고 직시할 하등의 이유가 없었다. 高가 가고 있는 곳, 지금 이 순간만은 무한한 사색과 몽상과 자유가 콧속으로 마구 쏟아져 들어오고 있었다.

高의 누비라가 산언저리를 비스듬히 올랐다.

산 아래에는 저수지였다. 차창 밖은 물 위로 뛰노는 빛으로 현란했다. 바람이 등사기처럼 물 한복판까지 밀려가자, 금빛 물때가 가지 끝만 겨우 보이는 버드나무 잎사귀 주위를 맴돌았다. 高는 더 이상 뒤를 돌아볼 수도 없는 거리, 설령 뒤를 돌아본다 하더라도 어느 누구도 자신에게 말을 걸거나 주시하지 않는 곳까지 왔다고 판단했다.

승용차에서 내린 高는 눈을 뜰 수가 없었다. 공기의 소란스러움, 뜨거운 햇빛, 경직된 몸에서 한 올 한 올 풀려 나오는 느슨함, 싱그러움, 발끝에 와 닿는 지면의 부드러운 촉감, 자신을 둘러싸고 있던 조직과 관계의 치밀함이 무너지면서 맛볼 수 있는 해방감이 高의 눈을 찔렀다.

하지만 해방감도 잠시뿐이었다. 高가 누비라를 몰아 달려온 이 곳 저수지는 수몰 전에 아내와 함께 자주 놀러왔던 중금리였다.

저수지를 향해 돌을 던졌다. 수많은 파장들이 한 점에서 시작되어 저수지 밖으로 사라졌다. 좌우로 흔들거리며 물속으로 가라앉고 있을 돌. 그 돌을 따라가면 수몰 전에 아내와 자주 묵었던 민박집 지붕에 닿을지도 모르는 일이었다.

실종된 아내가 계속 자신을 미행하는 것만 같았다. 실종이라는 말을 되풀이하며 高는 저수지로 돌을 던졌다. 돌이 만들어내는 파문을 지켜보며 高는 아내의 실종을 직접적으로 대면하게 되었다. 아내의 실종이 단순한 가출이 아니라 돌이 만들어낸 파문처럼 자신의 한 귀퉁이를 거머쥐고 어떤 한 세계로 이끄는 것만 같았다.

아내는 평소 불안해 보였다. 처음에는 결혼 후 두 사람 사이에 유지되었던 긴장감이랄까, 사랑의 애틋한 감정이랄까 뭐 그런 것이 식어 그렇겠지 했다. 레몬이나 밀감처럼 정작 까놓고 보니 생각했던 것보다 적나라하게 드러난 삶의 모습을 부정하는 게 아닌가 하고 물어도 봤지만 아내는 고개를 내저었다. 대신 아내는 귀에서 물 흐르는 소리가 들린다고 말했다. 벽에 귀를 갖다 댄 아내는 배관에서 들리는 물소리를 따라 골목을 벗어나고, 길을 달려 강까지 달려가봤다고 했다. 高는 피식 웃었다.

그런데 어느 날부터 아내의 몸에서 비린내가 나기 시작했다.

여자가 화장을 하지 않고 매일 집에만 틀어박혀 있으니 그런 냄
새를 풍긴다며 高는 핀잔을 줬다. 하지만 그 비린내는 여간해
가시지 않았다. 그리고 아내는 처음 발성을 배우는 어린아이들
처럼 아, 야, 어, 여, 오, 요, 우, 유, 으, 이 하는 홀소리로 말
을 하기 시작했다. ‘아’는 기분이 좋을 때, ‘야’는 감탄하거나 흥
분한 상태일 때, ‘어’는 당황스러울 때, ‘여’는 방향을 지시할
때, ‘오’는 긍정적인 대답을 할 때, ‘요’는 도와달라고 할 때,
‘우’는 슬픔을 말할 때, ‘유’는 高를 가리킬 때, ‘으’는 뭔가를
거부하거나 싫어할 때, ‘이’는 배고플 때를 표현하는 발성법이
었다. 아내는 이 모음들을 동시에 터뜨릴 때도 있었다. 이때는
아내의 형체가 보이지 않을 때였다. 高가 어디 있어? 하고 큰
소리로 그녀를 찾으면, 아내는 마치 유리병 속에 갇힌 사람처럼
어디선가 입천장 떠는 소리를 냈다.

　모든 일은 서서히 진행되었다. 그러나 아내의 변화를 직접
체험하는 高로서는 하루하루가 놀라운 시간들이었다. 이런 아
내를 데리고 병원을 찾은 적이 있었다.

　아내도 순순히 의사에게 지금 자신에게 닥친 일을 털어놓았
다. 하지만 의사는 아무런 증세도 없다고 말했다. 병원을 나오
면서 高는 아내에게 물었다.

「대체 왜 그런 거야?」

　아내는 쏟아지는 햇빛을 손바닥으로 가리며 高를 쳐다보았다.

「이유가 꼭 있어야 해?」

「이유가 없다는 건 말이 안 되잖아?」

그날 高가 아내를 차에 태우고 오면서 들었던 이야기는 한 가지였다. 어느 날인가 아내가 高와 섹스를 하고 나서 오랜만에 오르가슴에 올랐다는 것. 오르가슴은 길었고, 아내는 허공에 붕 떠 있는 것과 같은 쾌락에 몸서리를 쳤다고. 마치 꿈을 꾸는 것과 같은, 새살이 돋아나거나 손으로 금방 판 모래밭에서 물이 슬금슬금 새 나오는 것같이 생의 달콤한 욕망으로 넘실거렸다고 했다. 그런데 시간이 흐르자 쾌락의 이면에서 물컹물컹 외로움이 밟혔다. 아내는 그리 오래지 않아 자신이 외로움을 복제하는 기계라는 사실을 알았다. 정말 그럴까? 아내는 외로움이 글자 그대로 외로울 때 잠시 잠깐 생기는 것인 줄 알았지만 그것은 어느 사이엔가 병처럼 깊어졌다. 외로움은 병이었고, 외로움은 큰 고통이었다. 그래서 물속에 갇힌 물고기처럼 高의 아내는 외로움에 갇힌 물고기가 되었다.

그 후, 아내는 섹스 같은 건 하지 않았다. 아내의 몸 그 자체가 외로움에 쩍쩍 갈라져 그 틈으로 습기가 들어차기 시작한 것이었다.

신경 안정제 몇 알을 가지고 온 그날, 아내는 침대에 누워 일어나질 않았다. 살아 있는 물고기를 잠깐 동안 물 밖에 던져놓은 것처럼 입으로 숨을 쉴 뿐 가만히 침대를 지켰다.

2

저수지 수면에 깔려 있는 빛이 그물에 걸린 듯 발광했다.

오랫동안 高는 저수지 수면에서 출렁거리는 물빛을 보고 있었다. 그 물빛 그물 안으로 버스가 들어섰다. 그물에 사로잡힌 활어가 허공에서 몸을 뒤채듯 버스는 잠시 물빛에 흔들렸다. 高는 눈을 감았다. 눈을 떴을 땐 빛이 산란하듯 파툿거리는 저수지에 버스가 언덕배기를 오르는 모습이 비쳐 보였다. 수몰된 저수지에 나무가 거꾸로 자랐고, 거꾸로 자란 울창한 숲 사이를 비집고 버스가 달리고 있었다. 高의 눈에는 정히 그렇게 보였다. 세상 모든 것들이 죄다 열을 지어 저수지 안으로 들어갔다. 가을이면 가로수들이 붉게 물들어 길을 따라 열을 지어 서 있는 것이다. 그 끝을 따라가 보면 전설에서나 들었을 법한 코끼리 무덤처럼 나무들의 장지(葬地)가 있을 것이다. 그곳이 바로 중금리 저수지인 양 느껴졌다.

저수지를 보고 서 있는데 자꾸만 꼬리뼈 근처가 가려웠다. 그리고 몸이 자꾸만 허공으로 솟구치는 것 같았다.

高는 쓸쓸하게 웃었다. 부레가 생겼다고 말하던 아내가 떠올랐기 때문이었다. 그때 高는 터무니없는 말이라고 무시해버렸다. 그러나 그것은 아내에게 중대한 일이었다.

정신병원에 다녀온 이후로 아내는 가습기를 켜놓고 살았다.

아내는 먼지를 일으킬 만한 것을 죄다 대문 밖에 버리거나 탈탈 털어냈다. 개나 고양이를 키운다는 것은 엄두도 내지 못했고, 오래된 책은 먼지 때문에 버려야 했으며, 창문조차 열 수 없었다. 창틈으로 새 들어오는 햇빛, 그 햇빛 위로 슬금슬금 걸어 들어오는 먼지에 아내는 몸서리를 쳤다. 아내는 창문에 검은색 커튼을 쳤다.

집 안에 있는 모든 것들이 눅눅해져갔다. 그때부터 아내는 한낮에 계단을 오르면서 발을 헛딛거나 어지럼증으로 휘청거렸다. 몸의 균형을 잡아야 했고, 그때마다 아내는 크게 숨을 몰아쉬었다. 그것이 모여 부레가 된 모양이었다. 어느 날 밤늦게 집으로 들어온 高가 현관문을 열자 아내는 마치 가오리처럼 긴 잠옷을 입은 채 거실을 둥둥 떠다녔다. 그리고 아내는 새로 산 커튼에 수십 개의 핀을 박고, 껌뻑거리던 형광등도 새로 갈고, 책장 위에 놓인 졸업 사진의 먼지를 닦아냈다. 高는 어서 내려오라고 손짓을 했다. 하지만 아내는 高의 바람에도 불구하고 문방구에서 사왔음 직한 물고기 야광 스티커를 천장에 붙이고 있었다. 치렁거리던 잠옷을 두세 번 흔들며 아내는 안방으로 사라져버렸다. 매일 회사 모니터에 비친 가오리를 보며 지내던 高가 헛것을 본 것일 수도 있었다.

어쨌든 그 후 아내는 욕조를 새로 만들었다. 인부를 부르지 않고 직접 모래와 시멘트를 사와서 욕실 옆에 있는 작은 방을 헐고 욕실을 넓혔다.

「욕조는 왜?」

「턱없이 좁아요.」

몸집이 작은 아내의 말에 高는 의아해했다. 하지만 아내의
그러한 행동을 말리고 싶지 않았다. 高 역시 자신의 집 안에 자
신만의 수족관이나 야전 벙커같이 밀폐되고, 음습한 공간이 있
었으면 했다. 서로를 밀어내는 쪽보다 서로가 스스로 함몰되고
어디론가, 뭔가에 집착하는 편이 서로의 마음을 편하게 할 것
같았다.

3

高는 차에서 스킨스쿠버 장비를 내렸다. 인적이 드문 저수지
였다. 잠수복으로 갈아입고, 장비를 몸에 걸치는 시간은 그리
오래 걸리지 않았다. 다리를 굽혀 대여섯 번 앉아보고, 팔을 휘
휘 돌려본 高는 저수지를 향해 뚜벅뚜벅 걸어갔다. 평범한 일상
속으로 걸어가는 듯한 모습이었다.

이대로 곧장 내려간다면 붉은 슬레이트 지붕이 나올 것이었
다. 아름드리 버드나무가 있고, 헛간에는 까만 돼지들이 있고,
빨간 경운기가 헛간과 헛간 사이에 서 있을 것이었다. 담 너머
에는 배가 무게에 못 이겨 가지가 꺾어질 정도로 열려 있고, 부

연 먼지를 일으키는 길에도 어린아이 머리통만 한 배가 굴러다닐 것이었다. 아내와 高가 중금리에 처음 왔을 때 풍경이었다.

그때 두 사람은 빨간 경운기가 서 있는 민박집에서 잠을 잤다. 섬강을 지나면서 본 팻말에 1996년 11월에 횡성댐 담수식을 한다고 적혀 있었다. 그날 밤 두 사람은 오랫동안 잠을 자지 못했다. 아주 낯선 풍경이 두 사람을 누르고 있는 것만 같았다. 마치 물속에서 잠을 자는 것처럼. 그들은 아침 일찍부터 물에 잠기는 곳을 찾아다니며 사진을 찍었다. 섶다리, 한치고개, 수령이 200년 된 느티나무 앞에서 高와 아내는 사진을 찍었다. 그래서인지 高는 눈에 보이는 곳이 낯설지 않았고, 그 모든 배경 한 귀퉁이에 아내가 서 있는 것만 같았다.

두 팔로 물을 감싸 안고 또 밖으로 밀어냈다. 가렵기만 하던 꼬리뼈가 지느러미처럼 움직이는 것 같기도 했다. 마음먹은 대로, 물속으로 두 팔을 뻗어 넣고 발을 움직이면 유선형의 몸이 그 방향으로 빠져들었다.

마을 회관이 나타났다. 나팔 모양의 스피커를 발견한 高는 우주 비행선 속 우주인처럼 지면을 발로 차 뛰어올랐다. 그곳은 마을에서 유일한 2층 건물이었다.

문을 열고 회관 안으로 들어섰다. 사과 상자 몇 개가 천장에 떠 있었다. 高는 창가에 붙어 섰다.

「아, 아, 중금리 주민 여러분들에게 알려드리겠습니다. 제 아내가 실종되었습니다. 만약 저의 아내를 본적이 있으신 분은 연락주십시오.」

금방이라도 사람들이 튀어나올 것만 같은 골목으로 메기 서너 마리가 헤엄쳐 나왔다. 지붕만 떠 있는 집, 풀기 없는 상자처럼 양쪽 벽이 길 옆으로 넘어져 있는 집, 골목 맞은편 콩을 심었던 밭에는 아직 호미 자루가 꽂혀 있었다. 어떤 충격으로 인해 일시에 모든 것이 멈춰 있는 듯한 풍경.

高는 창틀에서 껑충 뛰어내려 골목을 걸었다. 골목을 따라 10미터쯤 가면 민박집이 있고, 멀지 않은 곳에 정미소가 있었다. 골목에는 아직도 대통령 선거 벽보가 붙어 있었다. 오래전 아내와 왔을 때와 그리 변하지 않은 모습이었다.

골목을 따라 걷던 高는 아내와 손을 잡고 있는 것 같다는 착각을 했다. 결혼 직후 신문에서 본 중금리 담수식에 대해 모른 체했던 것, 삶에 쫓겨 살다 보니라는 말로 대충 얼버무렸던 일들이 떠올랐다. 얼버무려야 할 정도로 高는 평소 엄청난 수압에 눌려 살았다. 손가락으로 그 수압의 부피를 가리킬 수도 있을 것 같았다. 아니 그 대상이 누군지 말해줄 수도 있었다.

살아가는 일은 생각보다 쉬운 게 아니었다. 정수기를 팔기 위해 매일 많은 물을 마셔야 했고, 마신 물에 취해 매일 비틀거려야 했다. 사람을 만나 정수기 이야기를 꺼내는 것조차 힘든 하루하루가 계속되어 어느 날인가부터 자신 이외의 누군가를 알아가는 일이 벅차다는 것을 깨달았다. 퇴근을 하면서 다음 날 치 신문을 사서 잠깐 동안 보는 일로 누군가보다 몇 시간 전에 다음 날에 안착해 있다는 것만이 유일하게 위로가 되는 삶이었다.

　민박집은 텅 비어 있었다.
　高는 부엌으로 들어가 가마솥을 열었다. 하얀 밥알들이 익어가는 냄새처럼 부연 흙먼지가 피어올랐다. 가만가만 솥을 보고 있던 高는 흙먼지가 가라앉은 후 그 속에서 붕어 한 마리를 발견했다. 닫혀 있던 솥 안에서 붕어가 살다니.
　붕어는 高를 보며 지느러미를 팔랑거렸다. 앞으로도 뒤로도 움직이지 않는 그 붕어의 눈이 高를 응시하고 있었다. 물속이라지만 붕어의 눈이 아내의 눈과 많이 닮아 있었다.
　高는 조용히 두 손을 모아 붕어 앞에 내밀었다. 붕어는 그대로 양 지느러미를 팔랑거릴 뿐이었다.
　「여기서 뭐해?」
　대답을 하듯 붕어는 꼬리지느러미를 흔들며 가마솥에서 나왔다. 高의 얼굴 앞에 선 붕어는 천천히 지느러미를 움직였다. 붕어를 보며 高는 자신이 스킨스쿠버 장비를 사고, 틈틈이 스킨스쿠버 레슨을 받는 동안 아내는 지느러미 한 쌍을 마련하느라 많은 시간을 보냈을 것이라고 생각했다. 시간이 갈수록 기억은 단순해졌고, 그 기억의 끝은 언제나 이곳 중금리였다. 동화『헨젤과 그레텔』에서 헨젤이 지나온 길에 빵 조각을 떨어뜨리듯 高와 아내가 살아온 시간에는 댐 속에 잠긴 마을의 지붕이 띄엄띄엄

놓여 있었고, 언젠가 그 기억을 거슬러 올라간다면 두 사람은 이곳에서 만날 수도 있었다.

「집에 안 가?」

붕어는 뒤로 조금 물러섰다가 다시 앞으로 헤엄쳐 나왔다. 집에 가면 아내가 만든 욕조가 있을 텐데 하고 高는 생각했다. 실종은 어쩌면 사람들의 기억 속에 존재하는 형태와 실재하는 형태가 서서히 유리되어버리는 것을 가리키는 말이 아닐까. 高는 붕어를 바라보며 계속 아내를 떠올렸다.

아내는 여린 사람이었다. 길을 가다가 길에 떨어져 있는 플라타너스 나뭇잎 한 장을 보고도 짐승의 사체(死體)처럼 보인다며 무서움에 떠는 여자였다. 그 이야기를 들은 高는 그저 신경쇠약이라고 생각했다. 좀더 모질게 인생을 살아가다 보면 그런 일쯤은 훗날 웃음거리 정도 밖에 안 될 것이라고.

하지만 그렇게 되지 않았다. 돼지고기를 먹는 날은 상상할 수조차 없었고, 비린내 나는 생선을 식탁에 올리는 날도 없었다. 오직 해초였다. 그것도 미역이나 다시마, 녹자반이 전부였다. 이 식재료들은 냉장고를 채우고도 남아 집 곳곳에 비닐봉지에 담겨 있었다. 이런 음식에 흥미가 없던 高는 밖에서 식사를 하고 들어오기 일쑤였고, 아내는 컴컴한 부엌에서 혼자 식사를 했다. 남들 같으면 전화로 친구들과 수다를 떨거나 재개발되는 아파트를 알아본다, 동창모임이다, 부산을 떨 법도 했지만 아내는 전혀 그런 삶을 살지 못했다. 시한부 인생처럼, 자신에게 남은 시간을 헤아리는 것 같은 삶이었다.

밤늦게 들어온 高가 왜 이렇게 살아야 하느냐고 소리를 지르는 날이면, 아내는 가만히, 高의 눈자위를 처다보곤 희미하게 웃었다. 그 웃음은 죽은 생선의 쓸쓸한 시선처럼 느껴졌다. 아니 다방이나 지하철 복도에서 간간이 볼 수 있는 수족관의 붕어들처럼 의미 없는 눈, 멍하니 허공을 향해 있는 그런 눈빛이었다.

「궁상떨지 마! 다 그렇게 사는 거라고!」

취기를 빌어 高가 아내에게 말했다. 술기운을 빌리지 않았더라면, 어둡고 적막한 집에서 감히 입에도 올리지 못하는 말이었다. 이내 高는 이 말을 수정했다.

「외롭구나……」

아내는 외로웠다. 외롭다, 이 한마디를 하는 것조차 외로웠다. 아내의 꺼칠한 등을 맞대고 잠을 자던 高 역시 외로웠다. 사람들이 많은 도심으로 나갈수록 외로웠고, 뭔가에 쫓기듯 아등바등 살아가는 시간이면 그 외로움은 퇴적되어 高의 목을 누르는 것 같았다.

「너도 외롭구나.」

붕어는 슬금슬금 자리를 떴다. 수면으로 솟아올라 하얀 점이 되었다. 高는 부엌에서 나와 마당으로 나갔다. 기둥에는 달력이 붙어 있고, 축담에는 신발이 놓여 있었다. 高는 대청마루에 누웠다. 하늘이 온통 푸른빛으로 일렁였다. 물속에서 지상의 일을 생각한다는 건 우스운 일이었다. 지금 자신이 추억에 잠기거나 생각한다는 건 순전히 이 산소마스크 때문이라고 생각했다. 이 산소마스크만 아니면 자신은 모든 기억으로부터 벗어날 수 있다고. 첫번째로 떠오르는 사람은 아내였다. 그다음은 박 과장. 두 사람은 서로 모르는 사이였지만 이 좁은 호스를 통해 그들은 익히 잘 아는 사이처럼 느껴졌다. 그들은 한강 다리를 건너거나 지하철을 탈 때 승강장 밑에 사람이 산다거나 저수지 바닥에 사람이 있다는 것을 생각지도 못하고 있을 것이었다. 이런 희열로부터 高는 물속 두려움을 잊었다.

高는 휘파람을 불고 싶었다. 심부름센터 직원의 한마디로 회사를 일주일 이상 비워놓아도 된 것에 감사했다. 회사에 있을 高의 모니터 속 가오리가 마치 현재 高가 있는 위치를 이야기하고 있는 것 같기도 했다.

터덜터덜 길을 따라 걸었다. 이 세상에 혼자만 살아남은 사람 같았다. 한참을 걷다 보니 마치 거대한 수족관을 혼자 뚜벅뚜벅 걷는 것만 같았다. 지상에도 마찬가지였다. 최근 高는 회사에서 자신 앞에 벽이 가로놓여 있다는 사실을 느꼈다. 며칠 전 비둘기 한 마리가 날아와 회사 통유리에 부딪쳐 죽었다. 선명하게 흘러내리던 붉은 피를 보며 박 과장은 영업 실적이 가장 뒤떨어진 그를 닦달했다.

「난 비둘기가 자넨 줄 알았어!」

그것은 비현실이 아니라 엄연히 실재하는 벽이었다. 그 벽의 견고함을 高는 물속에서도 느낄 수 있었다.

물은 단단한 각질이었다. 각질 속으로, 꾹꾹 눌러쓴 치약처럼 여러 겹 몸을 접어 물속으로 집어넣었다. 그것도 익숙해지자 마치 물속에 길이 있는 것처럼 느껴졌다. 멀리, 태양이 희미한 빛으로 高를 내려다보았다. 좋은 음악과 맛있는 음식이 차려진 레스토랑에 앉은 사람처럼 高는 편안했다. 가습기에서 뿜어져 나오는 습기 따위, 매일매일 박 과장 책상 앞에 내밀어야 하는 서류 뭉치들이 입을 통해 공기로 말끔히 걸러져 아가미로 쏟아졌다. 게다가 쉬이 다리에 피로가 몰려와 휘청거렸던 지난날의 기억들이 유속에 맡겨만 놓아도 절로 어디론가 떠밀려갔다. 高는 풍선처럼 가벼웠다.

高는 수면으로 올라왔다.

해가 산마루에서 붉게 저수지를 물들이고 있었다. 어디로 갈까 잠깐 동안 궁리를 하던 高는 저수지에서 나왔다. 몸에 묻어 있던 물기가 떨어져나가자 껍질을 벗은 듯 허전했다.

어디로 가기에는 어중간한 시간이었다.

高는 잠수 장비를 차에 싣고 핸들을 잡았다. 국도를 달리는데 물속을 헤엄치는 것처럼 속도가 나지 않았다.

4

올림픽대로로 접어들자 차량들이 밀려 있었다. 高의 앞차, 그 앞차, 그 앞에 서 있는 차도 高의 차와 모양새가 비슷했다. 그사이로 살짝 끼어든 高. 아내의 실종과 더불어 잠깐 동안 자신의 실종 역시 아무도 눈치 채지 못하고 있는 것만 같았다.

집으로 오면서 高는 집집마다 노랗고 파란 물탱크를 매달고 있는 것을 보았다. 마치 물고기의 부레처럼, 빌딩의 옥상에도 물탱크가 있기는 마찬가지였다. 그러고 보니 아내에게 부레가 생겼다거나 지느러미가 돋았다는 것도 일상적이고 평범한 일처럼 느껴졌다. 누구나 부레만 한 공기주머니나 모래주머니를 달고 다녔다. 그 주머니가 터졌을 때, 사람들은 죽은 물고기처럼 하늘로 서서히 부상하여 삶을 청산하는 것이라고 高는 생각했다. 집 앞에 도착한 高는 초인종을 눌렀다. 실종이라지 않은가. 집에 사람이 없는데 문을 열어줄 리 만무했다. 하지만 高는 초인종을 누른 채 담벼락에 기대서서 담배를 빼물었다. 우체통에 몇 통의 편지가 와 있었다. 그중에는 아내의 이름 앞으로 온 고지서도 두어 통 보였다. 高는 다시 초인종을 눌렀다. 아무 기척이 없었다. 高는 고개를 끄덕였다. 실종이라지 않던가. 高는 열쇠로 문을 열고 현관문을 열었다.

집 안은 컴컴했다. 천장에서 아내가 붙여놓은 물고기 형광

스티커가 약한 빛을 내고 있었다. 온갖 종류의 물고기들이 지느러미를 살랑대며 高를 향해 다가오는 것만 같았다. 高는 크게 숨을 내쉬었다. 마치 저수지에 들어와 있는 것 같았기 때문이었다.

高는 고지서를 들고 욕실로 갔다.

고지서를 선반 위에 올려놓은 高는 거울 앞에 섰다. 하루 사이 조금 돋아난 턱수염을 손바닥으로 만져보았다. 자신의 몸 안에서 돋아난 털, 이것이 혹 인간에게 지느러미가 되어야 했던 피부가 아닐까 잠시 생각해보았다. 거울에 비친 욕실은 담갈색의 고동으로 뒤덮여 있었다. 하얀 타일에 붙은 고동들이 천장을 뒤덮고 끄물끄물 욕실 바닥을 기어 다녔다. 바닥도 마찬가지였다. 자신이 서 있는 근처를 기던 고동들이 발을 타고 오를 채비를 하고 있었다.

「무슨 고지서가 이렇게 많아?」

검고 부드러운 한 쌍의 지느러미를 가진 아내가 욕탕에서 살랑살랑 움직이고 있었다. 아내가 직접 만든, 더블 침대 서너 개는 됨 직한 욕탕이었다. 눈은 움푹 꺼져 있고, 입은 파랗게 질려 있었다. 아내의 작은 입에서 연신 물방울들이 흘러나와 수면에서 톡톡 터졌다.

「당신 옷 한 벌 샀어요!」

물 밖으로 몸을 드러낸 아내가 지느러미를 팔랑거리며 말했다.

「옷?」

「가을에 입을 만한 옷이 없잖아요!」

아내는 회사 모니터에 있던 가오리와 흡사했다. 네 모서리를 향해 헤엄쳐 갔다가 다시 다른 편 모서리로 천천히 헤엄을 치고 있었다. 高가 등을 돌리거나 문만 닫아버리면 아내는 보이지 않는 것이었다. 그야말로 실종인 셈이었다.

高는 옷을 벗고 욕조로 들어갔다. 나른하게 누워 눈을 감았다. 일주일가량은 꼼짝하지 않고 집에만 틀어박혀 있어도 큰 문제는 없을 것이었다. 배 위로 넓은 지느러미를 흔들며 아내가 올라왔다. 아내가 어디 갔다 왔어요, 하고 물었다. 高는 말을 하지 않았다. 저수지에서 본 붕어처럼 조금 뒷걸음질 치던 아내는 다시 高에게 다가와 몸 여기저기의 냄새를 맡았다.

물색한

한 달째 물색환(物色丸)을 생각하고 있었다. 담배도 소용없었다. 창밖에 지천으로 널려 있는 사물의 색을 손가락으로 굴려 둥글게 만들어보았지만 몸 안에서 만져지는 것은 구슬처럼 둥근 환(丸)이 되지 못했다. 한약방 같은 곳에 전화를 걸어 알아도 봤고, 한의학 서적을 뒤적거리기도 했지만 교수에게 이것이 바로 물색환입니다, 라고 말할 것은 못되었다. 그렇다고 십전대보탕 같은 것으로 몸보신을 해서 사람의 머리가 맑아지고, 머릿속에 든 생각들이 잘 정리된 서랍처럼 정갈하다고 해서 문학과 통하는 건 또 아니지 않던가.

애초, 교수가 많은 문하생 중 하필이면 왜 날 지목했는지 알 수 없는 일이었다. 이태 만에 걸려온 전화였을 게다. 교수는 대뜸 전화에 대고 이렇게 말했다.

「강 군인가? 자네 지금도 소설을 쓰는가? 그렇담, 자네 나랑 같이 물색환을 만들어볼 생각 없나?」

교수의 생뚱한 질문에 잠시 정황을 파악하느라 잇댈 말조차 잊고 있었다. 물색환, 물색환이 뭐죠? 하고 되묻는 수밖에.

「한 알만 먹으면 문학의 도와 통하게 되는 뭐 그런 약일세. 고호환, 정로환, 우황청심환과 같이 환으로 만든 것……」

처음에는 교수가 몇 년씩이나 흘러가버린 세월에 대한 푸념으로, 연락이 통 없어 소원해진 제자에 대한 농쯤으로 이해했다. 그것도 아니면 지금 당신의 몸이 의탁하고 있지만 나로서는 전혀 알 도리 없는 무슨 한약재 이름일 거라고. 하지만 환갑이 훨씬 넘은 교수는 지금도 간혹 신문 지면에 건장한 모습의 사진과 함께 글을 싣고 있었다. 게다가 제자들에게 그런 농이나 사치할 만큼 자애 가득한 사람이 못 된다는, 뒤늦게 떠올린 생각에 오소소 소름이 돋았다. 교수가 세상과의 절연을 계획하고 있거나 그것이 아니면 나의 잘못을 꾸짖기 위한 방편이 아닐까 싶어서였다.

낚싯대를 챙겨 문을 나서는 교수의 뒷모습이 보였다. 한 손엔 낚싯대, 한 손엔 파란 플라스틱 통을 든 교수는 좁다란 숲 속 샛길을 따라 걸어갔다. 간간이 바람이 불었고, 그때마다 교수의 하얀 와이셔츠가 펑퍼짐하게 부풀어 올랐다. 가끔은 감나무 뒤로 사라졌던 교수가 햇빛을 받으며 숲 속에서 홀연히 나타나기도, 플라스틱 통이 나무에 부딪혀 통 — 하는 소리가 들리기도 했다.

거실 한구석에 놓인 병풍을 창가로 옮겼다. 교수가 나에게 물색환을 만드는 비법이라며 내보인 유일한 것이었다. 병풍은 백지였다. 그 하얀 종이를 보며 사람이 먹었다 하면 대번에 문학의 세계에 승천하게 되는, 만병통치약과 같은 것을 만들어야 하다니.

낚시터로 나간 교수는 어둠이 깔리면 낙엽들을 밟으며 집으로 돌아오곤 했다. 그럴 때면 지나가는 말인 양 메기를 잡기 위해 미끼로 쓴 큰 지렁이를 덥석 물고 만 붕어 두세 마리를 매운탕거리로 내놓으며 물색환의 진척 정도를 물었다. 물색환에 대해 생각을 늘이고 있었습니다, 하는 정도. 그 정도를 말하는 폼이 언제나 같을 수는 없었기에 그동안 누적된 피로를 보여줘야 했고, 그간 연구 결과가 마치 혓바닥 밑에 고여 금방이라도 빠져나올 듯, 그것을 짐짓 단속하듯 어눌하게 말수를 줄여야 했다. 그리고 침통한 얼굴로 붕어를 받아 들고 부엌으로 들어갔다. 매운탕을 끓이는 동안 교수는 한낮에 내가 했던 행동과 별반 다르지 않게 담 너머 감나무를 향해 시선을 던져놓았다. 바람을 따라 허공으로 잎사귀를 찔러 넣는 감나무를 보며 교수의 손은 의자의 팔걸이에 헐겁게 삐져나온 못을 만지작거렸다.

나는 의자에 앉아 예의 그 삐져나온 못을 만지고 있었다. 오늘내일 안으로 물색환을 만들어야 했다. 그런데 의자에 못을 만지작거리고 있자니 그 뜻 모를 침묵, 사위로부터 밀려오는 정적에 짓눌려 몸이 눅진하게 변하는 것이었다. 손이 부지런히 그 까끌까끌한 못을 만지고 있는 동안 마음은 이상스레 텅 비어갔고, 강으로부터 밀려와 소나무 잎사귀를 흔들어놓고 마는 바람에도 잠깐씩 정신을 빼앗겼다. 나는 여기로 온 후 점차 짓눌리듯 이상야릇한 침묵으로 잠식되어갔다.

교수와 내가 물색환을 만들기 위해 서울에서 가평으로 온 뒤 교수는 1년에 한두 번 들르던 작업실을 꼼꼼하게 손질했고, 숲을 거닐다가 발견한 낡은 의자를 작업실로 들고 왔다. 그러면서 떨어진 곳에 강이 있고 작업실 앞에는 감이 익어가더란 말과 함께, 늦은 질문 같지만, 자네 내게 미처 못 한 말이 있던가 하고 물었다.

「네.」

「뭔가?」

「물색환을 어떻게 만들 수 있단 말입니까?」

물색환을 만들려는 의도, 그것이 얼마나 허황된 일인가를 내비쳐주고자 던진 질문이었다.

「음악에는 음계란 게 있잖은가? 그렇듯 문학에도 그와 같은 시심(詩心)이 있네. 그 시심을 손에 꼬옥 거머쥔다면, 또 그것을 입에 틀어넣을 수만 있다면 누군들 단박에 문학과 통하지 않겠는가?」

「시심을 어떻게 손에 넣는지요?」

「그 방법을 알고 싶은가?」

「네.」

대화는 여기에서 끝이 났다. 그날 저녁, 잠을 자기 위해 한 이불을 덮고 나란히 누웠을 때까지도 교수는 그 방법에 대해 말을 하지 않았다. 솜이불이 가슴을 지그시 누르면서 가슴께가 뻐근했다. 그것은 어쩌면 정적이나 침묵의 무게였으리라. 교수는 다음 날 함께 조반을 먹으면서도 끝내 그 방법에 관해 말이 없었다. 궁금증은 하루하루 늘어만 갔다. 며칠 뒤, 나는 한 발짝 뒤로 물러선 마음으로 교수에게 이렇게 말했다.

「교수님! 교수님이 말한 그 시심은 사람의 어디를 통해 오는 것입니까?」

교수님은 의자에 앉아 예의 그 의자의 못을 만지작거렸다. 좀체 입을 열려고 하지 않았다. 그럴수록 내게는 그 물음이 장독 속 메주처럼 짙은 색으로 거듭 우러나기 시작했고, 마침내 고스란히 내 것이 되어버렸다.

침묵은 스스로를 앓게 만드는 병이었다. 하루, 이틀, 사흘, 그렇게 일주일 동안 창밖만 보고 있다가 나는 그 물음에 대한 대답을 내 자신에게 유보시킨 뒤 밖으로 나가 강이 보이지 않는 뒤편 숲을 발정난 개처럼 뛰어다녔다. 의자에 앉아 창밖 풍경만 보고 있자니 몸속으로 유실된 바늘이 내 몸을 저미고 다니는 듯 몸 곳곳이 가렵고 고통스러웠으며 목 줄기가 화끈거렸다. 고통이든, 슬픔이든, 수평선을 번쩍 들고 일어설 듯 이글이글한 태양의 일출이든, 내 몸의 어딘가를 적시며 뭉클한 뜨거움으로 솟구쳤다. 그것은 흡사 세상과 내가 사별(辭別)한 뒤 등을 돌리며 걷는 영혼의 체념 같은 것이었다. 이러한 시선에서 세상의 희로애락과 얼추 비슷한 이치가 뜬금없이 피어올랐다. 시선만이 아니었다. 사물을 보고 그 사물의 내면 깊은 곳까지 내 심상이 뚫고 들어가 내 몸에 흡착되면서 희열이 솟아올랐다. 이것을 채로 걸러낸다면, 그것이 바로 '감동'이라는 것일 테다. 고추 씨앗 하나에 삶과 죽음이 함께 보이는 그 지경까지! 그런 깊이로의 집요함, 열정, 끝간 데. 시심은 그런 궁극에서 왔다. 그런데 세상에 그 궁극이란 대체 어디를 두고 하는 말인가. 과연 그것이 손에 잡힐 듯 형체를 띠고 있기라도 한 것이며 또 경단처럼 뭉쳐질 일인가.

맥이 탁 풀린 채 집으로 오자마자 나는 백지장인 병풍과 대면하게 되었다. 창문을 통해 들어온 노을이 백지를 붉게 물들이고 있었다. 마치 한 폭의 그림처럼. 그것을 유심히 보다가 몸에 훈기 같은 것이 도는 것을 느끼며 나는 소꿉장난을 하듯 상상에 빠졌다. 몽롱한 시선을 통해 서푼서푼 걸어 나간 상상 속의 화자(話者)가 음계처럼 생겨 먹은 공기의 계단을 밟고 자유롭게 과거와 현재, 현실과 환상을 넘나들었다. 그렇다면 물색환이란 이 멋대로인 화자를 찾아내어 비닐봉지에 밀봉한 뒤 환(丸)으로 응축하면 가능한 일이 아니던가. 그러나 사람의 비밀스런 정신세계를 딱 부러지게 이것이라고 말할 수 없었다. 안타까움이 여기에 있었다. 귀신이면 몰라도 인간들에게 빛과 바람과 구름들이 가슴살을 찢고 들어와 하나의 상(像)으로 맺히는, 이 시심을 먹고 자라는 화자를 두루뭉술 뭉치고 꿀을 발라 사람에게 먹일 순 없는 일이었다.

  물색환을 찾아 나서기로 했다. 물색환을 내놓지 않으면 입술을 꼭 깨물고 그동안 강에서 메기를 잡아 어미 새처럼 끼니를 물어줬던 교수를 놀리는 격밖에 안 되니 도리 없는 일이었다.
  대충 옷을 챙겨 입고 밖으로 나갔다. 찬바람이 어깨를 움츠리게 했다. 강을 건너 교수가 앉아 있는 강둑을 향해 꾸뻑 인사를 한 뒤 갈대 숲 속으로 걸어 들어갔다.
  새들이 날아오르고, 지난 장마에 생긴 물웅덩이에 발이 빠지기도 했다. 버스나 기차를 탈 생각도 했었지만 물색환의 재료가 대체 무엇인지 알지 못하는 상황에서 여행 가는 기분일 순 없었다. 그것은 개똥일 수도 있고 논두렁에 뜻 없이 흐르는 물, 바람, 바람을 따라 멀리 날아온 곤충, 꽃씨가 될 수도 있었다.
  갈대 끝이 불이 난 듯 붉게 일렁거렸다. 해가 근처 산 뒤에 와 있었다. 나는 해와 엇갈리게 무작정 걸었다.
  얼마를 걸었던 것일까. 누군가 손전등으로 내 얼굴을 비추며 움직이면 쏜다, 하고 말했다. 나도 모르게 팔을 들어 귀 뒤에 바짝 붙였다. 총을 거머쥔 병사가 멀리서 한 번 더, 누구냐? 움직이면 쏜다! 하며 총을 겨눈 채 천천히 다가왔다. 딱히 댈 말이 없었다. 병사는 등 뒤로 다가와서 호주머니를 뒤적였고 저만치 총으로 날 겨누고 있던 또 한 명의 병사가 초소로 들어가 어딘가로 전화를 걸었다. 그저 물색환만 생각하느라 주민등록증이나 나를 증명할 만한 신분증을 가지고 나올 정신도 없었다.

「길을 잃었나 봅니다. 뭐 나쁜 의도를 품은 사람은 아니니 길을 열어주든지, 아니면 그냥 온 길을 되돌아가게 내버려두십시오.」

지프차가 왔고, 나는 뒷좌석으로 떠밀려 오랫동안 어둠 속을 달렸다. 내 옆에 탄 남자는 일등 상사였다. 그는 개처럼 연신 내 몸에서 냄새를 맡으려 들었다. 내 몸에서 비린내가 나는 것도 같았다. 하지만 그런 것에 신경 쓸 겨를이 없었다. 지프차가 위병소를 통과하면서 「충성!」하는 구령이 들렸고, 그들의 군부대에 내린 나는 몇 개의 초소를 지나 온통 흰색으로 칠해진 건물 안으로 들어갔다. 책상에서 차트를 펼쳐 보고 있던 군인이 날 보곤 볼펜으로 의자를 가리켰다.

「이 시간에 그곳엔 왜 간 거요?」

「약재를 찾으러 갔습니다.」

「몸이 아픈 게요?」

어디가 아프냐는 말에 나는 손바닥으로 다른 손의 손등을 만졌다. 그것은 가슴을 어루만지는 것만큼 쉬이 마음을 추스르게 했다.

「한 알만 먹으면 만병통치약처럼 단박에 문학의 도에 이르게 하는 약을 찾으러 나선 것입니다.」

「만병통치약? 문학의 도?」

내가 한 말에 군인들의 눈이 동그랗게 변하는 것을 보고 낭패감이 들었다. 괜한 일에 사람을 끌어들였다는 생각에 내 마음만 어수선했다.

「물색환이라는 것입니다.」

「물색환은 또 뭐요?」

몇 번이라도 사죄를 하고 그냥 집으로 돌아가고 싶은 생각이 간절했다. 그러나 그런 사정으로 쉽게 통과시켜줄 사람들이 아니었다. 알고 보니 그곳은 군 작전지역 깊숙한 곳이었다.

팔에 '일직사령'이라는 완장을 두른, 소령의 부리부리한 눈매가 점차 호기심 어린 눈으로 짜부라지고 있었다. 호주머니에서 담배를 꺼내 하나를 건네며 소령이 말했다.

「흐, 그런 약이 있다는 것은 처음 듣소. 그렇담 혹 당신도 북으로 가시려는 건 아니오?」

「그게 무슨 말입니까?」

「그런 게 여기에는 없다며, 더러는 북으로도 가잖소?」

「난 단지 물색환을 찾을 뿐입니다. 만일 그곳에 그것들이 있다면 응당 갈 일이지만 그럴 가능성은 희박합니다. 그것들은 불행하게도 내가 쉬이 발견을 못해서 그렇지 세상 어디에도 흔하게 널려 있을 겁니다.」

문학의 도니 물색환이니 그동안 있었던 이야기를 그들에게 모두 털어놓았나 보다. 자칫 지뢰밭으로 들어갈 뻔한 나를 두고 그들은 물색환이 곧 총알이 아니겠냐는 둥, 전쟁이란 사람을 죽이는 행위인데 총알보다 앞서가는 그 무엇이 바로 시심과 어떤 차이가 있느냐는 둥 별의별 이야기를 다하다가 지금 군대 막사에서는 민간인을 재워줄 수 없으니 가까운 암자에 데려다주겠다고 했다. 그리고 암자에는 인근 군부대 훈련장에 떨어지는 탄피(彈皮)를 주워 팔아 생계를 꾸리는 여자가 살고 있다는 말까지 덧붙였다.

지프차를 타고, 나는 그들이 말한 암자로 향했다.

어둠을 가르는 두 줄기의 서치라이트가 마치 파충류의 더듬이처럼 어두운 산속 이곳저곳을 더듬거리다가 마침내 민가의 허술한 지붕을 발견하곤 길 입구에 멈춰 섰다. 앞서 걸어갔던 상사가 그들이 말한 여자를 데리고 나왔다.

지프차가 돌아가고 나는 그 여자를 따라 걸었다. 아슴푸레한 장작불로 어른거리는 아궁이, 띄엄띄엄 서 있는 전등 불빛, 그 불빛으로 인해 얼추 드러난 처마에 매달린 옥수수며 삶의 자질구레한 단층들, 불빛이 얼른하게 배인 수목들과 멀지 않은 곳에서 흐르는 물소리, 간간이 툭툭 부러지는 나뭇가지 소리까지 가세해 한층 을씨년스런 분위기였다. 여자는 걸음을 늦추지 않았다. 잦바듬한 길을 한참 동안 따라가자 비로소 지붕이 낮은 암자가 나타났다. 축담 위에 멈춰 선 여자가 문을 열었다. 마른 흙냄새가 숨길을 탁 막을 만큼 잔뜩 고여 있었고, 물소리가 바로 발밑에서 들리는 듯 귀청을 울렸다.

「방은 이것뿐입니다.」

여자는 재빨리 문을 닫곤 신발 끄는 소리를 내며 사라졌다. 여전히 그 물소리가 거칠게 들렸다. 어디 가까운 곳에 폭포나 경사가 급한 개울이 있을 것이었다.

방으로 들어간 나는 이부자리를 펴고 누웠다. 피로에 잠겨 물밑 깊은 곳으로 빠져드는 돌처럼 이리저리 몸을 뒤채며 천천히 어디론가 가라앉는 듯했다.

하지만 물소리에 한번 잠을 깨자 좀체 잠들 수가 없었다. 눈을 감고 쏟아지는 물소리를 듣고 있었다. 더러는 낙엽이 떨어져 바닥을 끌며 지나가기도 했다. 뱃전에서 잠을 자듯 물소리에 정신을 팔며 얇은 잠에 들락날락할 때 무언가 발가락에 부딪히는 것을 느꼈다. 살결이 발가락을 따라 밀리는, 틀림없는 사람의 몸이 발끝에서 느껴졌다. 나는 소스라치게 놀라 눈을 떴다. 조금 전에 방을 잡아주고 간 여자가 아닐까. 쓸개즙같이 어두운 방 안에 젊은 남자와 여자라! 순식간에 일어난 일임에도 불구하고 나는 여러 갈래의 생각들을 한꺼번에 끌어안고 어찌할 바를 몰랐다. 소령과 일등 상사, 그리고 방을 잡아준 여자가 재빨리 머릿속으로 나타났다 사라졌다.

이불깃을 한 손으로 꾹 누른 채 천천히 이불에서 몸을 빼내 불을 켰다. 잠(蠶)에 든 고치처럼 여자가 이불을 돌돌 말아 자고 있었다. 잠잠히 여자의 얼굴을 들여다보았다. 얼굴의 윤곽이 쉽게 잡히지 않았다. 눈을 비벼 다시 뜨고, 얼굴로 흘러내린 여자의 머리카락을 귀 뒤로 넘긴 다음 얼굴을 보았다. 생각보다 젊은 여자였다. 나는 묵직한 짐짝을 내려놓아야 할 사람처럼 버둥거렸다. 객수(客愁)랄까 여독이랄까 뭐 그런 것 따위가 핑계처럼 스멀스멀 피어오르는 듯도 했다. 이 여자가 탄피를 주워 생계를 유지하다니. 그러고 보니 그런 삶의 무게가 눈가로 조금 묻어나 있는 것도 같았다. 나는 바퀴 달린 앉은뱅이 의자를 밀듯 조금씩 엉덩이를 밀며 여자 가까이로 나아가고 있었다. 그러면서도 내심 초상화를 그리듯 여자와 거리를 두어야 한다고, 마음을 다잡기도 했다. 물색환 때문이었다. 자칫 실수로 무슨 일이 벌어진다면 물색환을 찾기 위해 다잡아놓은 마음이 흩어져버릴 수도 있기 때문이었다. 눈을 감고, 눈을 떴다. 여자의 몸에서 따뜻한 빛이 찰랑거렸다. 그리고 그 빛의 쟁반, 얇은 귀퉁이가 깨져 나와 내 몸으로 박혀 들었다. 그럴 참에 여자가 깨어났다. 눈을 비비는가 싶더니 벽에 등을 기대고 물끄러미 쳐다보았다.

「안 주무세요?」

여자가 말했다.

「당신은……」

달아나버린 잠을 재차 불러들이기 힘들 만큼 방 안은 고요로 꽉 차 있었다.

「제가 무섭지 않으세요?」

이렇게 묻는 것이 더 무서울 것이라는 건 두말할 필요가 없었지만, 그래도 시종 입가에 야릇한 웃음을 꼭 물고 있는 여자의 마음이 자못 궁금했다. 여자는 대답하지 않았다. 나는 버릇처럼 여자를 병풍 안으로 던져 넣었다. 그리고 여자를 쳐다보았다.

여자는 천천히 나로부터 멀어져갔다. 꿍 벽을 뚫고 어디론가 밀려나갈 것도 같았다. 나로부터 멀어진 여자는 벽지처럼 여린 빛을 내며 벽에서 웃고 있었다. 잠에서 이제 막 깬 고치가 나비가 되어버린 건 아닐까. 수천 마리의 나비가 벽에 붙어버린 문양으로 날 보고 있는 건 아닐까. 나는 손을 내밀었다. 여자는 계속 멀어져갔다. 내민 내 손이 떨고 있었다. 눈을 닦고, 심호흡을 해보지만 여자는 계속 나로부터 멀어져갔다. 여자의 얼굴 모양새를 따라 그림을 그리듯, 나는 여자의 윤곽을 따라 허공에 손가락을 움직였다. 그리는 여자의 생김생김이 몸으로 전해졌다. 내가 여자를 만난 게 아니라 어느새 내 몸이 한 여자의 몸을 읽어내고 있었다. 쏟아버린 물기를 마른 수건이 닦아내듯 내 몸으로 여자의 모든 것을 받아내고, 그 외 다른 모든 것들은 내 중심으로부터 밀어냈다. 번다하거나 화려하지 않게, 단 한 번에 선을 그은 수묵화처럼 간결한 여자의 상만이 내 몸속에 자리를 잡아갔다. 궁극, 시심, 감동이 여자와 나 사이의 어떤 대롱처럼 생긴 줄기를 타고 뻗어 내렸다. 시심을 꽃피우는 화자를 두루뭉술 뭉친다 한들 물색환이 되겠는가. 그런데 결명자만 한 뭔가가 목젖을 타고 배 속으로 넘어 들어갔다.

「물색환…… 당신이 물색환입니다.」

「물색환이라뇨, 손님? 손님도 탄피를 주우러 오셨나요?」

여자는 벌떡 자리에서 일어났다.

「탄피라뇨?」

「환이라고 했잖습니까?」

「환?」

바람이 더욱 세차게 불고 간간이 모래 같은 것이 문풍지로 날아와 짜르르 소리를 내기도 했다. 그런 풍경, 바깥 풍경에 더욱 을씨년스럽게 변해버린 방에서 여자와 나는 오랫동안 정적에 가로놓여 있었다. 나는 우스운 이야기라며 얼마 전 나에게 일어났던 일을 들려주었다.

교수로부터 전화가 오기 전이었다. 나는 집 천장에 목을 맸다. 목을 매는 데야 여러 가지 이유가 있겠지만 제정신이 들어 읽었던 신문에 난 기사에 의하면 내가 '독자로부터의 피격', 또는 '소설을 쓰기 위해 죽음을 선택한 어느 소설가'라고 나와 있었다. 둘 다 그럴싸한 이야기였지만 사실과는 달랐다. 내가 목을 맸던 까닭은 쓰고 있던 소설 속 화자(話者)로부터의 끈질긴 자살 권유 때문이었다.

그때 내가 쓰고 있던 소설의 제목은 「골목길에서 만난 낯선 얼굴」이었다. 소설은 이렇게 시작했다. 길을 가다 보면, 길모퉁이가 나온다. 보도블록을 따라가다가 우연히 만나는 길모퉁이.

호주머니에서 손을 빼고 약간 길옆으로 걷는다. 누군가 길모퉁이 뒤에 서 있을 것만 같다. 나와 닮은 안경을 쓴 누군가가 손을 내밀며 악수를 청해올 것도 같고, 날카로운 이빨을 드러낸 셰퍼드가 그곳에 묶여 있을 것도, 낡은 의자에 앉은 창녀를 만날 것도, 죽은 고양이가 길바닥에 널브러져 있을 것도 같다. 더러 길모퉁이 그 너머에는 길이 밀리고 담벼락이 밀려 퇴적된 그 단층 안으로 내가 빨려 드는 건 아닐까 하는 생각을 품기도 한다. 그런 길모퉁이에 나는 서 있다. 문장이란 내리막길에 놓인 유모차 같은 것이기에 누군가 앞서 밀어놓으면 요령 없이 끝까지 그 속도를 늦출 수 없는 것인데 비해 내가 쓰고 있던 소설은 위험하게도 비탈에 우두커니 서 있기만 했다. 산문을 단 한 번이라도 써본 사람은 알 것이다. 글이 작가의 삶의 방식과 전혀 다른 낯선 세계 앞에서 어쩔 줄을 몰라 하는 것을. 그러던 중에 담벼락, 그곳에서 나는 은연중에 배회하는 낯선 한 인물을 목격하게 되었다. 그는 다름 아니라 소설 안과 밖에서 살아 숨 쉬고 있는 나, 즉 화자(話者)였다. 여기서 나는 몇 번이고 교수가 쓴 『소설론』을 뒤적거려 좀체 떨어지지 않는 나와 화자 간의 거리를 만들려 노력했다. 「묘사하라! 사물을 보고 몇 걸음 물러 선 뒤 묘사하라!」 그러나 나에게 소설이란 소설 그 자체로서 일찌감치 나의 전부였기에 더욱 더러운 감정이 달라붙어 진흙탕에 빠져들고 말았다. 기차를 타거나 담배를 사기 위해 어두운 골목을 지날 때, 곳곳에서 내 소설의 주인공을 발견하게 되고 그 주인공과 마주한 소설 속 화자를 발견하곤 했다. 내 소설은 안이나 밖이나 독자가 없었다. 오직 나, 내가 쓰고 있는 소설 속의 화자와 주인공과 나뿐이었다. 그러하니 자연히 현실과 가상, 소설의 안과 밖이 불분명했다. 삶 자체가 한 편의 소설이라는 말은 이럴 때 가능한 이야기일 것이다. 결국 소설은 화자와 내가 나누는 대화를 주절주절 늘이는 것으로 원고를 채웠고, 마지막으로 주인공을 죽여야 했다. 그런데 소설의 주인공을 죽인 뒤에도, 소설이 끝난 뒤에도 화자는 내 머릿속에 번연히 살아 있었다. 작가의 뇌리에 박혀 떨어지지 않는, 찰거머리 같은 화자! 모퉁이에 서서 담배를 피우며 오른쪽을 보고 서 있는 화자와 담뱃불을 비벼 끈 뒤 왼쪽으로 시선을 던져놓고 있는 나. 소설은 끝났지만 화자는 계속 내 몸 안에 살고 있었다. 나는 벽 높은 곳에 못을 박고 전선을 매달았다. 그리고 머리를 집어넣었다. 기필코 내가 누군가를 죽인다는 생각이, 그 누군가가 화자가 아니라 바로 나라는 것이 머리를 명중해올 즈음 현관문 소리가 났고, 집주인이 전세방의 재계약을 상의하기 위해 들어왔다. 불쑥 찾아온 주인이 119에 전화를 걸어 번연히 살아난 나는, 그 뒤로 날 죽이려 한 독자가 누구인가를 알기 위해 방문하는 사람들로 몸살을 앓았다. 그리고 출판사로부터는 죽음 직전까지 경험하였으니 이제 슬슬 글을 장만해야 하지 않겠냐는 출판 제의를 받기도 했다.

　이야기를 듣고 있던 여자는 그럴 수 있느냐고 물었다. 글을 쓰다가 목을 매는 일이 그리 잦은 일은 아니지만 간혹 신문지상을 통해 보지 않았냐고 얼버무렸다.

밖으로 나가 바람을 마셨다. 어젯밤에 들었던 계곡의 물소리는 암자 뒤편 나뭇잎이 부딪히는 소리였다. 그것들은 세상의 허물처럼 떨어지고 바람에 날렸다. 그리고 이미 내 몸속에 들어와버린 여자가 몸 안에서 자꾸만 달그락거렸다.

해질 무렵에야 집으로 돌아올 수 있었다.

일찍 잠자리를 만들었다. 역시 교수와 한 이불에 들었다. 교수는 아무 말도 없었다. 가지런히 팔을 가슴 위에 올린 채 천장만 바라보는, 이 관계가 점점 무겁게 느껴졌다. 나는 자리에서 벌떡 일어나 거실로 나오고 말았다. 그리고 거실에 놓인 의자에 앉아 창밖을 바라보았다. 어둠이 짙게 유리창에 밀려와 있었다. 어둠 속에 나의 형체가 떠올랐다. 마치 담을 넘어 거실로 살금살금 걸어오던 도둑이 뜻하지 않게 자신의 키보다 훨씬 큰 화분을 만났을 때 생기는 야릇한 불안처럼 나는 갑자기 내 얼굴이 자못 궁금했다. 깡마른 내 얼굴이 둥싯 떠올랐다. 동시에 암자에서 본 여자의 얼굴이 겹쳐졌다. 그것은 나무나 풀, 달이나 별처럼 내 마음속에 자리를 잡고 들어앉아 있었다.

다음 날, 점심때가 되기도 전에 교수가 집으로 왔다. 손바닥만 한 붕어를 내놓으며 의자로 가서 앉았다. 교수가 나직이 나를 불러 칼을 달라고 말했다. 붕어의 배를 갈랐던 칼을 개숫물에 헹궈 교수에게 건넸다. 교수는 테이블 위에 놓인 감을 천천히 깎기 시작했다.

「오늘 세 명의 손님이 그간 자네가 만든 물색환을 맛보기 위해 찾아올 걸세. 별 탈이야 없겠지만 혹여 걱정이 되어 하는 말이네만, 할 말이 있으면 이참에 해보게나.」

손에 묻었던 붕어의 피가 거실 바닥에 떨어졌다. 그와 동시에 뱀의 허물처럼 기다랗게 이어가던 감 껍질이 테이블 위로 떨어졌다.

「교수님은 물색환의 맛이 어떨 거라고 생각하시는지요?」

「낚시는 손맛이라 하네. 그렇다면 그 물색의 맛은 먼저 눈에 보여지고, 머리에 남아 있어야 하고, 똥으로 버려진 그 나머지이니 사람의 몸 맛이 아닐까도 싶은데……」

「몸 맛이라뇨?」

교수님은 감을 먹기 시작했다. 우물거리는 교수의 입속에서 씨가 나올 때까지 나는 우두커니 서 있었다. 씨 세 개를 뱉어 낸 교수는 창밖으로 시선을 옮겼다. 그때 내가 대체 뭘 어쩌자고 이러한 헛된 일에 고생이냐고 그간의 마음고생을 언뜻 입 밖으로 끄집어낸 모양이었다. 핏물과 붕어의 하얀 비늘이 잔뜩 묻은 두 손바닥을 활짝 펴 보이면서까지. 순간 숲의 정적을 깨며 새들이 날아왔다. 그러한 풍경과 맞닥뜨린 나 역시 잠깐 동안 새들의 진로를 따라 시선을 옮겼다. 어떤 감상이 두 사람의 몸 왼쪽에서 오른쪽으로 대각선을 그리며 얼른 지나쳤다. 별안간 두 손바닥을 내놓고 서 있는 내 모습이 스스로 부끄러워 얼굴이 화끈 달아올랐다. 얼른 수저를 놓고 집 뒤, 감나무 밑에서 담배를 피워 물었다. 담배 연기는 빠른 속도로 햇볕에 하얗게 말라갔다.

교수가 다시 강으로 간 뒤 나는 물을 데워 목욕을 했다. 암자에서 묻혀온 여자의 냄새며 군부대의 화약 냄새며 모든 것들을 박박 문질렀다. 물색환이란 어차피 있고 없고의 문제에서 벗어나 세상의 모든 것들을 어떻게 제 몸 안에서 읽어내느냐 이니 때 구정물을 응축해 먹는다손 치더라도 그것이 물색이 아니라고 말하지 못할 것이었다. 밀려나온 때로 경단을 만들고, 약탕기를 들고 숲으로 갔다. 그것을 약탕기 속에 넣고, 강물을 조금 떠 넣었다. 교수가 시킨 대로 약재는 온유한 시심을 위해 낮은 불에 달여야 했다. 또한 세상의 모진 격랑에서도 문학은 돈후함을 잃지 말아야 하기에 강바람이 막 언덕배기를 오르는 지점에서 위태위태한 불꽃으로 약탕기를 달궈야 했다. 그렇게 만들어진 물색환은 물과 함께 마시는 것이 아니라 태워서 향을 흡입해야 한다는 것도 벌써 교수에게 들어두었다. 물색환을 먹은 뒤 술과 음식으로 자연의 큰 의미를 허풍스러운 것으로 자칫 오염시킬 수도 있다는 교수의 기우였다.

어스름이 들기 전에 세 명의 손님이 찾아왔다. 나는 감잎을 따서 만든 차를 내놓았다. 얼굴이 딱딱하게 보이는 세 명의 손님들은 자주 한숨을 내쉬었다. 감잎 차의 쓴맛이 입에 돌아서인지 세 명의 손님들은 감잎 차를 테이블 맞은편 교수 쪽으로 밀어냈다. 교수는 예의 그 의자에 앉아 못을 만지작거렸다.

「교수님, 정말 그러한 약이 있는지요?」

검은색 뿔테 안경을 쓴 약골이 두 팔을 무릎에 놓고 바짝 다가앉으며 말했다. 교수는 해죽이 웃곤 고개를 끄떡였다. 그러자 옆에 앉았던 또 한 명이 주위를 두리번거리다가 내 눈과 정면으로 마주쳤다. 그제야 교수는 나를 그 세 명의 손님들에게 소개했다.

「강군일세. 이번 물색환을 만든 젊은이네.」

세 명의 손님들은 아하, 짧은 탄성을 내지르며 꾸뻑 머리를 숙였다. 말로만 들었던 그 물색환이 사실임을 확인받은 듯 그들은 주먹을 불끈 쥐며 얼굴에 미소를 띠었다.

「고생 많이 했수다.」

한 사람이 나의 손을 덥석 잡았다. 나는 얼른 교수의 시선을 읽었다. 교수의 시선은 창으로 가 있었다. 차가운 날씨로 인해 성에가 껴 있고 얼음판의 숨구멍처럼 뻥 뚫린, 그러나 짙은 어둠이 배인 유리창을 통해 내 얼굴을 훔쳐보고 있었다. 나는 부엌으로 들어가서 약탕기 바닥에 들러붙은 것들을 긁어 꿀을 바르고 더운 공기를 덧씌워 공처럼 천천히 굴렸다. 그리고 꿀의 향기가 사라지기를 기다린 뒤 세 개의 물색환을 테이블에 올려놓았다. 세 명의 손님들은 달려들어 그 생김새를 본 뒤 향기를 맡았다. 그러면서도 이 한 알이면 문학을 통한다는 말이 제대로 실감되지 않은 양, 연신 고개를 흔들며 탄성을 내었다.

「자네들은 연배도 비슷하고, 비슷한 점도 많으니 안면을 터 놓는 것이 좋을 것이야.」

교수의 한마디에 분위기는 서로를 위로하거나 격려하기에 이르렀다. 그러면서 그들은 물색환을 한 개씩 자기 앞으로 가져갔다. 나는 그들에게 그것을 태워 향기를 맡아야 한다고 말했다. 세 명의 손님들은 태울 게 뭐 있냐, 사람을 우습게 보냐며 따지듯 물었다. 귀신들도 아닌 이상, 향으로 그 문학의 도에 이른다니! 하며 세 명 중 한 사람이 재빨리 물색환 하나를 집어삼키고 말았다. 나머지 두 사람은 물색환을 입에 넣은 사람의 목젖이 깔딱 솟아오르자 자기네들도 슬그머니 물색환으로 손을 뻗치는 것이었다. 물색환을 꿀꺽 삼켰던 한 명은 뛸 듯이 기쁜 마음에 낡은 소파에 몸을 지긋이 기댄 채, 이제 마음이 놓이는군요, 하곤 눈을 감았다. 교수가 눈짓을 했다. 나는 물색환 한 개를 쟁반 위에 올려놓고 성냥불을 그었다. 두 명의 손님들은 좀더 많은 향기를 흡입하기 위해 붕어처럼 한 번 공기를 들이마시고는 오랫동안 참았다가 뿜어내고, 그렇게 반복했다. 두 개를 태워 음미한 다음 세 명의 손님들은 잠이 들었다.

세 명의 손님들은 거실에서, 교수와 나는 방에서 잠을 잤다. 여느 때와는 달리 교수와 나는 쉬이 잠들지 못했다. 지난번 암자에서 듣던 물 흐르는 소리가 간간이 들렸고 포탄이 지붕 위로 지나가는 듯한 서늘함도 느꼈다. 그 소리는 종이 구겨지는 소리였다. 5분이 채 되지 않는 간격을 두고 그 소리는 계속 들렸다.

교수는 내 왼팔을 자신의 오른쪽 팔로 꾹 누르고 있었다. 팔을 빼내고, 조금 거리를 두고 누우면 이번엔 교수의 팔이 내 가슴 위로 올라왔다. 그런, 까닭 모를 일들이 잠을 자면서 계속 되풀이되었다. 그것은 방조 내지는 암묵적인 묵인의 냄새를 짙게 풍기는 것이었다. 드르륵. 문 열리는 소리가 들렸다. 효험이 나타나지 않아 스스로 절망에 빠진 세 사람이 필시 큰일을 저지를 게 틀림없었다. 나는 머리를 번쩍 들었다. 그리고 이불에서 몸을 빼내고 거실로 나왔다.

석유난로를 켜둔 거실은 기름 냄새로 가득 차 있었다. 바람에 커튼이 부풀어 올라 펄럭거렸고, 창틀이 덜컹거렸다. 창가로 걸어갔다. 바람에 배를 내민 커튼을 보며 세 명의 손님들에게 물색환이 무어 필요할까 싶었다. 몸 안에 두 사람 몫의 존재감, 세 사람, 네 사람, 다섯, 여섯…… 자신의 존재에 대해 여러 명의 화자와 끊임없는 대화를 벌이는 그들에게 물색환은 오히려 독이었다. 한 알만 먹으면 문학의 도에 이른다는 이 말 자체가 독인 것이었다. 여러 명의 화자를 버리고 당신은 먼지처럼, 당신은 바람처럼, 사물로부터 타자를 흡입하라는 건 곧 자신을 버리고 항아리처럼 텅 빈 몸으로 세상을 향해 우두커니 서 있으라는 말이나 진배없었다. 자객이 지니는 칼처럼 항상 소설가의 몸에 품고 다니는 화자를 죽이라는 것. 그것은 그들에게 자살밖에 선택할 여지를 주지 않는 일이었다.

해가 강을 지나 소나무 위로 번지고 있었다.

하늘과 소나무의 경계로 검붉은 아침이 밀려 왔다. 강물 아래에는 수초 속 붕어들이 잠을 깰 것이고, 강 너머 갈대들은 이슬을 말릴 것이며, 멀리 암자에 나비는, 여자는, 아궁이에 불을 지필 것이었다. 그 연기가 코끝을 스치는 것 같기도 했다. 몸 안에 남은 탄피 모양의 화인(火印)이 조금씩 딱딱하게 변하는 것도 같았다. 이것이 혹 물색환은 아닐까.

불가능한 욕망의 대화법

강유정

1. 허구와 수치심의 재구성

잘못된 단서야말로 진짜 원인을 밝혀줄 수 있다. 인생이라는 큰 이야기를 두고 보자면 소설은 하나의 작은 단서라고 할 수 있다. 비루하고 비참한 이야기들, 불륜이나 범죄가 종종 등장한다는 점에서, 소설은 잘못된 단서에 더 가깝다. 도덕이나 윤리 교과서가 옳은 단서들을 제공한다면 소설은 언제나 그 반대쪽에 있으니 말이다. 하지만 그렇기 때문에 소설은 그 어떤 실화보다 세상을 이해하는 데 도움이 된다. 분석가는 이야기 자체가 아니라 재구성의 알고리즘을 파악해 분석의 결과를 호출한다. 이러한 호출을 통해 단순한 증상은 하나의 구체적 실재가 될 수 있다. 슈레버의 망상도 늑대 인간의 환상도 모두 다 그들이 재구성해 들려준 이야기의 맥락에서 파악된 실체였다. 이야기의 재구성, 그것이 바로 작가들이 말하는 '허구'이다. 모든 허구는 이야기의 재구성이다.

눈길을 끄는 것은 그 허구의 내용이다. 소설집의 맨 앞에 실린 「검은 물고기의 밤」은 "3-4반 19번"이 새겨진 신발주머니를 들고 들어온 강도가 한 집안을 풍비박산 냈던 사건에서 출발한다. 이 사건으로 형은 허리에 반영구적 상해를 입고 집안 식구들의 머릿속엔 기억을 잡아먹는 '검은 물고기'가 살기 시작한다. 「누가 말렝을 죽였는가」에는 길에서 우연히 어깨를 부딪힌 사람 때문에 결국 죽음에 이르는 '말렝'이라는 인물이 등장한다. 「텔레비전」에는 예고 살인이, 「실종」에선 물고기가 된 아내가 실종 처리되는 사건이 발생한다. 안성호의 소설집에 실린 이런 허구들 그리고 그 허구를 지탱하는 사건의 내용들을 보면 환상이라는 용어가 떠오른다. 머릿속에 사는 검은 물고기가 기억을 잡아먹는다거나 전화로 죽음을 예고받는 상황들은 어린 시절 「환상특급」과 같은 프로그램에서 보았던 그 환상과 닮아 있다.

그런데 여기서 조금 더 현학적 면밀함을 발휘해보자면, 안성호의 허구는 환상이라기보다 망상에 더 가깝다. 환상이 현실의 불가능성을 관통해 대안적 세계의 여지에 닿는다면 망상은 오히려 환상의 실패에 가깝다. 환상이 같은 상징계적 언어를 공유하는 허구적 약속의 체계라면 망상은 상징계적 언어에 구멍 난 사람들의 다른 언어 체계에 더 가깝다. 환상이 작가가 주장하는 '대안 세계'라면 망상은 현실에서 실패한 작가로서의 모든 개인이 간직한 '모반의 시나리오'라고 할 수 있다. 모든 망상에서 주인공은 "나"다. 그것이 피해이건, 과대이건 상관없이 말이다.

그렇다면 왜 망상일까? 아니 우리는 언제 망상에 빠져들까? 안성호의 소설 속 세계에는 폭력이 넘쳐난다. 그렇다고 사지가 잘리고 유혈이 낭자한 폭력은 아니다. 오히려 이 폭력은 인간이기 때문에 느껴야 하는 수치심을 자극한다. 존재하지만 어디에서도 존재의 흔적을 찾을 수 없을 때, 기억이 일종의 원죄처럼 원한의 고리를 만들 때, 그러니까 우리가 살아가는 이 삶, 일상이 어떤 감옥이 될 때 폭력은 슬며시 그 얼굴을 드러낸다. 안성호는 이 폭력의 얼굴을 기억, 꿈을 거쳐 망상으로 번역해낸다. 우리가 살아가는 이 평범한 세계는 안성호를 통해 망상으로 가득 찬 외국어의 공간으로 전도된다. 말하자면, 그는 인간이라는 수치심 때문에 글을 쓴다. 들뢰즈의 말처럼 "인간이라는 수치심, 이것보다 더 좋은 글쓰기 이유가 있을까?"

2. 망상의 논리

망상의 논리는, 바로 작가적 환상을 통해 현실의 상징계적 그물을 찢을 수 없다는 무력감과 닿아 있다. 환상을 통해 우리의 삶이 환영으로 판명될 수 있다면 망상은 그 환상의 논리마저 현실이 제공한 안전한 매트릭스에 불과하다는 것을 보여준다. 그건 단지 꿈이라고 말할 수가 없다. 폭력적이고 잔인한 꿈은 깨고 나서도 지속되고, 생이 끝나고 난 이후 사후 세계에도 영향을 미친다. 말하자면 망상은 일종의 '논리로서의 허구'라고 할 수 있다.

망상의 주체는 현실에 대해 불편한 어떤 태도와 시각을 지닌 인물이라고 할 수 있다. 망상이라는 상징계 너머의 언어를 통해 가면을 쓴 어떤 인물을, 구체적 현상으로 제시하게 된다. 「검은 물고기의 밤」은 이런 망상의 논리를 잘 보여주는 작품이다. 상징계적 언어로 진술하자면 사건의 재구성이라고 할 수 있을 이 이야기는 기억을 좀먹는 검은 물고기를 통해, 폭력의 편재성과 그 불가해성까지 가닿는다.

여섯 달 전, 활어 운반차를 운전하던 아버지가 사고를 낸다. 사고 상대방은 일가족이 타고 있던 승용차였는데, 운전자였던 부인은 치료를 받던 중 사망하고 만다. 남편과 아이는 아버지보다 보름 뒤에 퇴원했다고 한다. 사건 이후 어느 날 갑자기, 소설은 이 시점에서 시작하는데, "3-4반 19번"이라고 쓰인 신발 주머니를 든 사내가 나타나 가족을 공격하고, 가족들은 외적으로 내적으로 심한 상처를 입고 만다. 그 이후 가족들의 머릿속에는 검은 물고기가 떠다니기 시작하는데 중요한 기억들을 잡아먹기 시작한다. 덕분에 그들은 과거뿐만 아니라 미래에 대해서도 잊기 시작한다. 과거 없이는 미래도 없기 때문이다.

검은 물고기는 가족의 기억을 파괴하는 불가해한 사물이면서 한편으로는 과거 활어 운반차에서 검은 도로로 쏟아졌던 그 활어들이기도 하다. 중요한 것은 바로 이 점이다. 가족들이 잊은 것은 가해가 아니라 피해의 기억이다. 그들은 가해의 사건을 단 몇 줄의 줄거리로 축약해 기억하고 있다. 그들은 그렇게 가해의 기억을 이야기로 재구성해낸다.

하지만 피해의 역사는 망각 속에 묻히고 만다. 같은 검은 물고기이지만 가해자 쪽이었을 땐 사건의 구성물에 불과하던 것이 피해를 입을 땐 중요한 사물로 매개되어 상징화된다. 기억 재구성에 거리낌 없이 사용되는 망각의 검은 물고기는 그래서인지 제2차 세계대전 때도 등장했다. 검은 물고기는 "새롭게 재편된 어떤 질서 속으로 우리들을 선도하는" "나쁜 기억들은 모두 버리고 새로운 기억, 즉, 누군가가 건설할 제국으로의 편입"(p. 23)을 위해 소용된다. 말하자면, 그것은 '집단 망각 알고리즘'의 요체인 셈이다.

흥미로운 것은 바로 이 부분이다. 만일 가해자가 망각의 검은 물고기를 통해 '새로운 이야기'를 꾸며낸다면 아마도 그것은 환상의 문법이 될 것이다. 하지만 피해자가 검은 물고기로부터 기억을 피습당해 피해의 기억을 모두 잊고 기억의 영도에서 새로운 서사를 만들어내야 한다면, 그것은 바로 망상의 기록이 된다.

망상은 상징계적 언어로부터 자격 미달을 선고받고 일종의 병리적 언어로 호명된다. 병명이 된 증상은 번역을 요구받는 언어 체계라고 할 수 있다. 망상으로 재구성된 이야기는 번역과 해석을 거쳐야만 상징계적 언어로 이해될 수 있다. 그러니까 공포의 재구성이란 무릇 이렇게 복잡하게 상징화되어 있는 것이다. 그럴 수밖에! 가해자들은 폭력의 기억이 두렵지 않다. 하지만 피해자에게 기억은 검은 공포의 실체일 수밖에 없다.

아스팔트 위의 검은 물고기는 가해자에겐 문자 그대로의 물고기에 불과하지만 피해자에겐 일종의 상징이나 알레고리로 변주된다. 가해자가 아무리 담담히 사실을 기록한다 해도 그곳에는 진실이 없다. 오히려 망각과 오류, 변주로 뒤엉킨 피해자의 이야기에 진실은 얽혀 있다. 문제는 망상의 논리이다. 기억을 왜곡하고 망상으로 물들인 피해자의 이야기, 그 재구성된 이야기의 실체를 파악하는 것이 바로 망상의 논리다.

안성호의 소설 역시 일종의 외국어처럼 번역해서 읽어야만 한다. 번역의 과정은 피해자의 언어를 이해하는 방식이며 기억에서 누락된 편린들을 재구성하는 과정이기도 하다. "생각은 공상일 수도 있고, 상상일 수도, 환상이나 전설, 꿈일 수도 있다. 가스레인지에 올려놓은 물 주전자처럼 엎어지지만 않으면 언젠가 하얗게 증발할 공상. 발설하지 않으면 오롯이 자신의 것이 되고 마는 이야기"(「누가 말렝을 죽였는가」, p. 58)말이다. 어쩌면 죽음 앞의 인간은 모두 자기만의 망상에 빠져 있는 외국어 사용자이기도도 할 것이다. 다만 안성호는 이 멀리 있는 죽음을 눈앞에 가져온다. 삶의 한가운데 있다고 착각하는 우리를 죽음 앞으로 데려가는 것이다.

「누가 말렝을 죽였는가」의 주인공 말렝만 해도 그렇다. 그는 어느 날 우연히 지나가던 사람과 부딪힌다. 순간 말렝은 중심을 잃고 넘어지며, 허방으로 추락할 뻔한다. 짧은 순간이지만 말렝은 부딪힌 행인의 눈과 마주치고 그는 거기서 공포를 느끼고 만다. 공포의 원인은 이런 것이다. "자신 이외의 누군가가 생각한다는 사실이 무서워졌"(p. 64)기 때문이다. 말렝은 육교에 놓인 펜스를 부여잡으며 죽음과 삶의 경계에 간신히 붙어 있는 스스로를 발견하고 만다. 이 발견은 스스로 느낄 수 있는 존재감을 '영(零)'으로 만들어버린다. 심지어 자신과 부딪힌 사람이 벵쌍일 거라며 그 역시 같은 고통을 느끼고 있을 것이라고 주장하기까지 한다.

말하자면, 말렝은 어느 날 갑자기 오른쪽 어깨를 친 충격으로 인해 삶의 텅 빈 곳을 발견하고 만다. 자신이 전부라고 믿고 있던 삶이 어느 순간 갑자기 축소돼 사라질 수 있다는 사실을 목격하고 만 셈이다. 심지어 어떤 이는, 이미, 그가 추락해 죽었다고 말한다. 사실, 삶의 의미를 잃어버렸거나 삶의 전부를 차지하고 있는 빈 공허void를 보고 말았다면, 그것은 이전의 삶과 뒤섞일 수 없는 것이 당연하다. 죽음을 가까이 둔 삶은 가능하지만 죽음과 삶이 섞일 수 없는 것과 같은 이치이다. 이때, 죽음은 일종의 해결이 되어줄 수 있다. 죽음은 현실의 불완전함을 단번에 파기할 수 있을 매우 강력한 망상이기 때문이다.

3. 불가능한 욕망과 가능한 죽음

　패트릭 하이스미스의 소설 「검은 집」은 욕망이 어떻게 빈 곳을 통해 유지, 생성되는가를 암시해주는 작품이다. 빈집은 비어둠으로써 일상적 삶의 공간에 흡수되지 않고 비일상적 영역으로 남아 있을 수 있다. 빈 곳을 채우는 순간 그곳은 어떤 이름으로든 호명되게 된다. 따라서 욕망은 빈 곳을 빈 채로 두게 하려는 습성이 있다. 그리고 환상은 이 욕망을 비어 있게 하는 것 그러니까 검은 집을 빈 채로 두는 것으로 현실화된다.

　그런 점에서, 안성호의 소설 공간에는 욕망이 배제되어 있다고 말할 수 있다. 안성호의 소설 속 인물들은 욕망을 남겨두고 실현의 불가능성을 즐기는 것이 아니라 그것을 망상의 이야기로 빼곡하게 채워버린다. 욕망이 있을 수 있는 빈 구멍을 망상으로 모조리 메워버리는 방식이다. 안성호가 무대화해서 드러내고 있는 장면들은 욕망이 아니라 수많은 피해의 기억들로 가득 찬 망상의 서사이다. 가령, 누군가 자신을 죽일 것이라고 전화를 걸어오는 「텔레비전」의 세계만 해도 그렇다. 물론 '죽음'이 아이러니컬하게도 욕망이 될 수 있다. 하지만 안성호에게 있어 죽음의 예고, '너는 곧 죽을 것이다'라는 예언은 피해자로서 그의 종말을 규정하는 망상으로만 심화된다.

자연스럽게 나라는 한 인간에 대한 물음이 깊어져갔다. 나를
제외한 모든 것들이 몇 걸음 뒤로 물러서버린 것만 같았다. 그것
은 어설픈 연극이 아니었다. 간혹 머릿속으로 떠오르는 유년의
기억만 잇새에 낀 질긴 음식물처럼 머릿속을 꽉 채우고 있을 뿐
그 외 모든 것들은 어느새 등 뒤로 와서 섬뜩하게 나를 주시하고
있었다. (「텔레비전」, p. 164)

우리는 문학사 속에서 예언에 의해 욕망을 발견하는 인물들
을 여럿 만나 볼 수 있었다. 「맥베스」도 그렇다. 그는 고도의
왕이 되리라는 예언을 통해 욕망의 빈 곳을 발견하고 그것을 왕
이 되려는 야망으로 채워 넣는다. 하지만, 「텔레비전」 속 '나'에
게 주어진 예고는 역설적이게도, 의미 없이 이유 없이 살해당하
리라는 것이다. 이 예고에는 운명적 비극성도 그렇다고 치명적
오류도 없다. 그는 "어떤 좌표도, 악도, 선도, 가치도"(p. 165)
없는 텅 비어 있는 샘 같은 삶을 살았기 때문이다. 그는 자기
인생에서 주인공이 될 자격을 박탈당했다. 살아 있어야 욕망할
수 있고 욕망하는 자에게 환상은 허용된다.

그는 이 예고를 통해 "의욕, 욕구, 욕망의 무게"(p. 177)를
느끼게 된다. 하지만 이 욕망은 결국 실패로 돌아가고, 예고는
실현되고 만다. 그에게 허락된 것은 단지 망상일 뿐이다. 환상
이 불가능한 삶은 욕망이 부재한 삶을 보여주기도 한다. 살아

있음으로 존재 증명하지 못한다면 존재는 죽음을 통해 증명될 수밖에 없다. 그는 죽음의 예고를 통해 겨우 욕망을 찾기 시작한다. 그 욕망은 "삶에 대한 간절한 충동"이며, 이는 또한 "살해에 대한 충동"(p. 172)이기도 하다. 죽임을 당하지 않으려면, 죽여야 한다.

이 소설적 공간은 현실에서 결핍된 혹은 낙오된 환상을 대리 실현하는 무대라기보다는 오히려 그 실패를 확인하는 망상의 공간이라고 할 수 있다. 그는 소설이라는 자신의 무대에서 불가능한 욕망을 환상적으로 실현하는 것이 아니라 그 불가능성을 끊임없이 확인한다. 그의 소설을 읽으며 일종의 불편과 불안을 느끼는 이유가 여기에 있다. 그는 환상을 거절하고 차라리 망상의 세계로 건너간다. 그러니까 안성호는 대상을 비스듬히 보지 않고 똑바로 보려 한다.

똑바로 쳐다본 세상은 상징계적 질서와 실재계라는 원본으로 이루어진 총체적 세계가 아니라 현재/과거, 지상/지하, 가해/피해로 이분화된 채 존재하고 있다. 자신만의 세계를 꿈꾸었던 사람들은 "쥐"(「쥐」)가 되어 지하철 승강장 밑에 모여 살고, "모니터 속 가오리"(「실종」)처럼 격리되어 살아간다. 그들이 살아가는 공간은 상징계적 질서의 중핵을 구성할 수 없는 다른 세계이며 실종 처리로 말소된 기록의 공간이다. "사회에서 낙오된 사람들"(p. 124) "사라진 날개와 지느러미에 대한 꿈"(p. 190)을 꾸는 사람들은 그렇게 망상의 언어 너머로 숨어든다. 번역해

내지 않는다면 이해할 수 없는 언어의 공간, 착란과 망상의 공간, 그곳에 바로 그들이 살아가는 셈이다.

4. 환상에 대한 거절의 윤리

안성호의 소설이 당혹스럽다면 바로 이 지점, 허구적 환상을 거부한다는 것일 테다. 그는 욕망과 불안에 젖은 응시 대신 불안을 필터 삼아 현실의 왜상(歪像, anamorphosis)을 그대로 바라보려 한다. 욕망이 침투할 빈 곳이 없이 소외와 피해로 이루어진 그 응시는 말하자면 작가 안성호의 시각이기도 하다. 대개의 이야기, 허구는 환상을 거쳐 욕망을 무대화하고자 한다. 그것이 바로 이야기하는 자의 특권이자 힘이기 때문이다.

그런데, 안성호는 허구적 환상을 거부한다. 그러니까 삐딱하게 현실의 왜상을 보고 그 왜상을 통해 삶의 진상(眞像)을 볼 수 있다고 말하는 게 아니라 아예 환상적 횡단 자체를 거부하는 것이다. 오히려 안성호가 환상의 어법을 빌릴 때, 인간은 '쥐'나 '물고기'로 격리되고 만다. 그가 최종적 환상으로 욕망하는 공간은 오히려 식물적 재생의 세계이다. 시체가 썩어 나무의 수액이 되는 그런 정령에 깃든 "자작나무 숲"(「자작나무 숲」) 같은 세계, 완전한 영원성을 지닌 연약하지만 강인한 재생의 공간 말이다.

244

　그렇다면 그가 허구적 환상을 거부하고 망상의 언어를 통해 얻고자 하는 바는 무엇일까? 그것은 바로 진짜 감동이다. 과거와 현재, 현실과 환상을 넘나들며 그가 얻고자 하는 문학적 실체는 이른바 "물색환"으로 수렴된다. "사물의 내면 깊은 곳까지 내 심상이 뚫고 들어가 내 몸에 흡착되면서"(p. 216) 솟아나는 희열로서의 '물색환'(「물색환」, p. 216) 말이다.

　모든 문학은 마침내 사물의 진리를 관통하고 허구적 의견을 통해 감동에 가닿기를 바란다. 그것이 바로 번역해낸 문학의 진심일 것이다. 독특한 망상의 대화체, 안성호의 소설은 그 독특함으로 문학이 되고자 한다. 그렇다면, 작가란 숲처럼, 나무처럼, 정령처럼 영원히 반복해서 재생될 수 있을 상처 입은 짐승일 것이다. 이것이야말로 작가를 생성케 해준다. 문학은 어쩌면 이 예민한 작가들이 빚어낸 증상의 총체일지도 모르겠다.

작가의 말

'콜럼버스의 달걀 세우기'는 반칙이었다. 한쪽을 깨뜨리다니! 나는 어떤 도구도 없이 달걀 세우기에 공을 들였다. 2010년 12월 어느 날 밤, 마침내 달걀을 세웠다. 요가 하듯 두 발과 몸통이 직각이 되게 한 다음, 사타구니에 달걀을 놓고 될 때까지 세우고 세워 '콜럼버스의 달걀 세우기'를 뒤집었다.

문제는 그 뒤부터였다. 집 베란다에 앉아 뒤집을 수 있을 것만 같은, 그런 가설들을 스스로 만들어가고 있었다. 빨래집게 하나로 코끼리를 냉장고에 넣어보라. 강아지가 커피포트에 라면을 끓이는 방법은? 새가 어떤 도구 없이 직선으로만 날아가는 방법은? 독자의 독서 시간과 작가의 글쓰기 시간이 일치하는 소설을 작도(作圖)하는 방법은?

내 소설은 가설이다, 고로 언젠가 뒤집힐 수 있다.

달걀에서 출발한 일이 여러 사람의 손을 빌려 두번째 소설집
으로 나왔다. 고맙고, 고마운 일이다. 소쿠리에 담긴 여덟 개의
달걀들이 깨지지나 않을까, 그간 얼마나 긴장했는지 모른다.

내 소설집을 위해 카페 〈405〉로 자주 발품을 팔았던 편집자
에게 고맙다. 그리고 내 곁에서 늘 사랑이라는 양분을 공급하는
아내 이준경과 자칫 삐뚤어질 수 있었던 나를 오늘의 나로 살도
록 도와준 안철수 선생님께 이 책을 바친다.

2011년 7월

안성호